淫らな囁き

愁堂れな

Illustration
陸裕千景子

B-PRINCE文庫

※本作品の内容はすべてフィクションです。
実在の人物・団体・事件などには一切関係ありません。

CONTENTS

『淫らな囁き』人物紹介&STORY

上条秀臣《かみじょうひでおみ》(35)

東京地検特捜部の検事。強面で服装も派手なので、よくヤクザと間違われる。神津と同棲中。あだ名は『ひーちゃん』。

神津雅俊《こうづまさとし》(32)

もと製薬会社社員で、現在大学の研究室勤務。奥ゆかしく、料理上手。あだ名は『まー』&『まさとっさん』。最近の上条の様子に一抹の不安を抱えていたが…!?

藤原龍門《ふじわらりゅうもん》(29)

名の知れたフリーの敏腕ルポライター。上条や高円寺を『兄貴』と慕っている。中津と同棲中。あだ名は『りゅーもん』。

中津忠利《なかつただとし》(35)

ヤメ検弁護士で、佐伯法律事務所勤務。優しく美しい顔立ちで、理性的だが、怒らせると怖い。

STORY

上条と中津と高円寺は、三十年来の腐れ縁で、通称三バカトリオ。紆余曲折の末、上条には神津、中津には藤原、高円寺には遠宮という恋人がいて、それぞれラブラブな毎日を過ごしていた。しかし、上条と神津をある事件が襲い…!?

Lovers

遠宮太郎《とおみやたろう》(26)

東大出のキャリアで、新宿西署刑事の課長。高円寺の上司。高円寺の事が大好きだが、素直になれない女王様気質。あだ名は「タロー」。

高円寺久茂《こうえんじひさも》(35)

新宿西署の刑事だが、見た目はヤクザ。恋人の遠宮の事が可愛くてしょうがなく、同棲したいと思っている。

Other

桜井隆一郎《さくらいりゅういちろう》(24)

新宿西署の新人刑事。警察庁刑事局長のワガママ息子。高円寺に片思い中。

ミトモ(?)

新宿二丁目のゲイバー『three friends』の美人（オカマ）店主であり、情報屋。面倒見が良い。

栖原秋彦《すはらあきひこ》(35)

監察医。吉祥寺で内科の医院を経営している。確かな腕前と美貌、そして長い黒髪と百八十センチを超す長身で、所轄の有名人。バイセクシャル。

月本 葵《つきもとあおい》(38)

東京地検特捜部の課長。最強のゲイとして全国的に有名。マッチョな男が好みで、上条のバックを狙っている。

淫らな囁き

1

「あっ……やっ……あっ……あぁっ……」

薄暗い寝室内に、神津雅俊《こうづまさとし》の堪《こら》えきれない高い喘《あえ》ぎが響き渡る。

「……っ」

その合間に響く低い息の音の持ち主は言うまでもなく、神津のパートナーである上条秀臣《かみじょうひでおみ》である。先ほど共に絶頂を迎えたばかりである二人は今、二度目の行為へと突入しており、激しい上条の突き上げに神津の意識は、ほぼないような状態となっていた。

「もうっ……あぁっ……もうっ……もうっ……あーっ……」

高い声を上げながら、いやいやをするように首を激しく横に振る。切羽《せっぱ》詰まったその表情を見て上条は、彼の限界が近いことを察し、抱え上げていたその片脚を離すとその手で既に勃《た》ちきり、先走りの液を滴らせている神津の雄を握って一気に扱《しご》き上げた。

「アーッ」

一段と高い声が神津の形の良い唇から発せられ、二人の腹の間に白濁した液が飛び散る。

「くっ」

射精した瞬間、神津の後ろが激しく収縮し、上条の雄を締め上げた。その刺激に上条もまた達し、彼の中に勢いよく精を放つ。

「……ぁっ……」

精液の重さを体感したらしい神津の身体がびく、と震え、息を乱す彼の唇から悩ましい声が漏れる。その声に早くも上条の雄はぴく、と反応し、神津の中でみるみるうちに硬さを取り戻していった。

「……え……？」

それもまた体感した様子の神津が、戸惑いの表情を浮かべ、上条を見上げる。

「ああ、悪ぃ」

上条がバツの悪そうな顔になり、神津から雄を抜こうとした。その背に神津の両脚が回り、再びぐっと己へと引き寄せる。

「まー？」

「……大丈夫……」

はあはあと息を乱しているその様はとても『大丈夫』そうには見えなかったものの、心配をかけまいと微笑《ほほえ》みすら浮かべる彼の健気《けなげ》さに、上条の胸にこの上ない愛しさが広がっていく。

と同時に彼の雄は更に硬さを増し、神津の中で熱く震えた。気づいた神津がにっこりと微笑み、上条の腰を抱く両脚に力を込めてきた。

「まー……」

「大丈夫だから……」

身体を労《いたわ》る上条に、神津はそう頷《うなず》くと、聞こえないような声で言葉を足した。

「……きて……」

「……反則だぜ」

己の欲情を一気に煽《あお》り立てる言葉を放たれ、上条の口から思わずその台詞《せりふ》が漏れる。

「……え？」

意味がわからない、と目を見開いたその顔もまた、反則的な可愛《かわい》らしさだ、と思いながら上条は、背中に手を回して解かせた神津の両脚を改めて抱え直し、滾《たぎ》る欲情を三度《みたび》愛しいその身体へとぶつけていった。


上条と神津の出会いは、今から一年ほど前に遡《さかのぼ》る。片や東京《とうきょう》地検特捜部《ちけんとくそうぶ》の検事、片や製薬会社の研究員であった二人の関係は、神津の巻き込まれた贈賄《わいろ》事件に端を発していた。

神津の同性の恋人であった彼の勤め先のジュニアが、会社ぐるみで行っていた贈賄の罪を神津一人に被せようとし罠《わな》をかけていたのを上条が見抜き、命まで狙われていた神津を危機から救ったのだった。

その後、神津は会社を辞め出身大学の研究室に戻ったのだが、そのときにはもう命の恩人でもある上条との『ラブラブ』としかいいようのない同棲生活に入っていた。

上条には三十年来の付き合いだという幼馴染《おさななじ》みの悪友が二人いるのだが、彼からも常に『バカップル』とからかわれるほど、二人は蜜月状態にあった。

上条は地検の検事にはとても見えない——泣く子をも黙らすその三白眼《さんぱくがん》といい、特殊な服装センスといい、『ヤ』のつく自由業と間違えられることはしばしばだった——恐ろしげなその外見からは想像できない『愛妻家』であり、人目も何も憚《はばか》らずそれは豊かな愛情表現を示してみせる。

それゆえ『バカップル』と呼ばれるのであるが、神津は本来、常人以上に羞恥心《しゅうちしん》溢《あふ》れる性格をしていた。

愛情をこれでもかというほど示されるのは、確かに嬉しくあるけれど、また恥ずかしくもある。しかも上条の言葉も行動もあまりに『赤裸々』であり、昨夜の体位はどうだったとか、何回達したとかを大声で吹聴《ふいちょう》することはできればやめてもらいたい、という希望はあるものの、神津自身、幸せとしかいいようのない生活を送っていた——はずだった。

「大丈夫か？」

三度目の行為のあと、失神してしまった神津のために、上条は大慌てで冷蔵庫からミネラルウォーターのペットボトルを運んだ。

「……うん」

頷き、神津が身体を起こそうとすると、

「いいから寝てろって」

と上条は彼を押しとどめ、ペットボトルのキャップを開ける。

「？」

そのまま自身の口へとそのペットボトルを持っていった上条を、戸惑いから見上げていた神津は、上条がゆっくりと覆い被さり唇を唇で塞《ふさ》いできたのに、ああ、飲ませてくれようとしているのだ、とようやく察した。

「ん……」

冷たい水が合わせた唇の間から零《こぼ》れるようにして口内に入ってくる。キスの優しさと同時に喉《のど》を潤してくれる水の流れが心地よくて、神津はうっとりと目を閉じた。

「…………？」

水がすべて口内に流れ込んだあと、名残惜しそうに上条の唇が去っていく。礼を言うために神津は薄く目を開き、上条に微笑みかけた。

「……色っぽいなあ」

途端に、やにさがっているとしかいいようのない、上条のにたついた顔が視界に飛び込んできて、思わず吹き出しそうになる。それに気づいた上条が、照れたように頭をかき、言葉を発した。

「まーの色っぽさは反則技だ」

「何が色っぽいんだか」

神津は冗談として受け止めたのだが、上条がまるで本気であることは、唯一彼が身につけていたヒョウ柄のビキニパンツの前が異様に盛り上がっていることから見てとれた。

「…………」

自分はこうも疲弊しているというのに、という驚きから、つい、まじまじとその部分を見やってしまった神津の視線に気づき、上条が照れる——どころか、どうだ、と言いたげに胸を張る。

「まーとだったらエンドレスでできるぜ」

「それはちょっと……」

　僕はできない、と苦笑する神津に対し、上条は心底残念そうな顔になったものの、

「水、飲むか?」

　と彼を気遣い、ペットボトルを示してみせる。

「もう、いいや」

「そうか。それならちょっとシャワー、浴びてくるわ」

　神津が首を横に振ると、上条はそう微笑み、キャップを閉めたペットボトルをサイドテーブルに置き、一人浴室へと消えていった。

　逞《たくま》しい背中がドアの向こうに消えた途端、神津の口から溜《た》め息《いき》が漏れる。

　天井を見上げる神津の顔に、今、笑みはなかった。このところ神津はある悩みを抱えており、今もその悩みについてあれこれと思いを馳《は》せているところだった。

　彼の悩みとは——上条に関することだった。ここ最近、上条の様子がなんともおかしいものに感じられ、それを彼は悩んでいたのである。

　まずは帰宅が連日深夜となった。以前も多忙ではあったが、こうも毎日『午前様』が続くことはなかった。

　遅い時間に帰宅する上条の身体からはときどき脂粉の匂いが立ち上ることがあった。その上、

後ろ髪が濡れていることもある。

もとより神津は性格的に、思ったことをすぐ口にすることができない。どちらかというと内に溜め込むタイプではあるのだが、脂粉の匂いやらどこかでシャワーを浴びてきたとしか思えない様子の上条に対しては、黙っていることはできなかった。

化粧品だか香水だかの匂いも、一日二日は見過ごした。仕事でホステスの侍《はべ》るクラブに出入りすることもあるだろうと思ったためである。だが、外でシャワーを浴びてきたとなると話は別だ、と神津は上条をきっちり問い詰めたのだった。

「最近、帰りが遅くないか？」

「ああ、仕事なんだ。悪いな」

上条は心底申し訳なさそうに神津に詫《わ》びた。彼の様子に後ろめたさは感じられないと思いつつも、神津は問いを重ねた。

「どこかでシャワーを浴びてきた？」

「あ？　ああ」

頷いた次の瞬間、上条ははっとした顔になり、

「違うぜ？」

と神津の両肩を摑《つか》むと、真っ直ぐに瞳《ひとみ》を覗《のぞ》き込んできた。

「確かに帰りは遅いし、今夜は外で風呂にも入ってきたが、疚《やま》しいことは何もしちゃいない。仕事だ。わかってくれるよな？」

「う、うん」

上条の真摯《しんし》すぎるほどに真摯な眼差《まなざ》しには、やはり嘘《うそ》は感じられなかった。勢いに押されたこともあり、頷いた神津を見て上条は一瞬ほっとした顔になったあと、やがてまたその表情を引き締め、真面目な口調でこう告げ神津を抱き締めてきたのだった。

「俺にはまーしかいない。わかっていると思うけどな」

「……秀臣さん……」

その言葉にも、己の背を抱き締める力強い腕にも、一欠片《ひとかけら》の嘘もないように思われ、神津もまたほっとしたのだが、それ以降の上条の帰宅はますます遅くなり、髪を濡らして帰る日も二日に一度と頻繁になるにあたり、胸の中にむくむくと疑念が生じてくるのを抑えることができなくなりつつあった。

今夜も上条は深夜一時過ぎに、香水の匂いを身に纏《まと》った状態で帰宅したのだった。

「まー、起きてくれなくてもいいと言っただろ」

リビングで待っていた神津にそう声をかけてきた上条が少しバツの悪そうな顔になったのは、昨日も一昨日も同じような時間に帰宅し、そのたびに自分が起きて待っているためだと頭ではわかっているのに、心のどこかで、何か疚しさを感じるようなことがあるのでは、と案じてしまう。そんな自身の迷いを振り切るかのように神津はそのまま上条の胸へと飛び込んでいき、

「まー？」

と、驚いたように自身を見下ろしてきた彼に縋《すが》り付き、唇を塞いでいた。最初は戸惑いを覚えていた様子の上条の手が神津の背に回り、くちづけに応え始める。

そのままソファで一ラウンド、場所をベッドに変えて二ラウンド、三ラウンド、と回数を重ねたため、上条の身体には未だに香水の匂いが残っていた。

ああして彼が一人、シャワーを浴びにいったのは、その匂いを洗い流すためだろう。いつもであれば上条は神津の体調が許すときには共に浴びようと誘ってくる。

まあ、今夜はとても一緒には浴びることができないほど疲れ果てているが、それももしや、上条がそう仕向けたからでは――神津の胸の中で疑念が次第に膨らんでくる。

冷静になれ。もしも上条の気持ちが余所《よそ》に移ったのだとしたら、ああも激しく自分を求めるだろうか。確かに彼は絶倫ではあるが、万一、外でセックスしてきたとしたら、少しは疲労が見えるのではないか。

そう考え、自分を安心させようとしている神津の耳に、もう一人の自分の声が響く。

上条がそう思わせるために、敢《あ》えて激しく求めてきているのだとしたらどうだ？　もしくは、

浮気をしているという疚しさが、いつも以上に自分を求めるという行為に表れているという可能性はないか？

「……ない……ないよ」

ぽつん、と呟《つぶや》く神津の声が、一人きりで横たわる寝室内に空しく響く。

浮気をしている――自分の思考であるのに、『浮気』という単語が頭に浮かんだ途端、神津の胸にずきりと痛みが走った。

上条の浮気を疑いたくはなかった。彼への信頼が揺らいでいるわけではない。

それでもやはり、不安を感じてしまうのは、彼の身体から立ち上る脂粉の匂いのためだった。浮気の相手がもしも女性だとしたら、同性である自分には勝ち目がないのではないか、そう思えてしまったためである。

神津はもともとゲイではない。それゆえ、恋愛というのは異性間で成り立つものだという、世間一般での『常識』に捕らわれている部分があった。

自分の気持ちが上条から女性へと移る可能性はまるで考えられない。だが、逆についてはは『考えられない』と言い切る自信が、神津にはなかった。

同性同士の恋人同士には、決してなし得ないことに――たとえば『結婚』だとか『出産』など、その種のことに上条が目を向けないという保証はない。血を分けた自分の子供が欲しいという願望を上条は抱くかもしれない——女性の影としか思えぬ脂粉の匂いを嗅いだときから、神津の胸にその疑念が生まれ、拭《ぬぐ》っても拭っても消えていってはくれないのだった。上条は『仕事だ』と言ったじゃないか。疚しいことなど何もしていないと、断言してくれたじゃないか。

何度となく、そう自分に言い聞かせるのだが、やはり、とまた疑念が胸の底から沸き起こってくる。

一度確かめてしまったため——そして、上条の否定を聞き、更に『わかってくれるよな』と言われてしまったために、再度確認を取ることを神津は躊躇《ためら》っていた。

上条の男らしく、そして実は真面目な性格を思うと、アバンチュールのような『浮気』はあり得ない気がする。『本気』で好きな相手ができるという可能性はあるだろうが、その場合、上条であればきっぱりと、

『他に好きな人ができた』

と自分に言うだろう。

「…………」

そう思いはするのだが、一方で上条の人並み外れた優しさを知っているだけに、もしや自分を案じ、言い出せないだけかもしれない、という気もする、と神津は深く溜め息をつく。

案じていたところで答えなど出ないのだ。それほどまでに気になるのであれば、直接上条にぶつかればいい。それができないというのなら、ただ彼を信じるしかない。

すべて仕事である、というあの言葉を——。

「…………」

またも神津の口から、深い溜め息が漏れた。信じたいし、信じている、と己に言い聞かせる彼の眉間《みけん》には、苦悩を物語る縦皺《たてじわ》がくっきりと刻まれていた。


翌朝、前夜の疲れを微塵《みじん》も見せず、上条はキスと共に官舎を出ていった。その日、神津はちょうど休みであったのだが、生真面目な彼は疲労の残る身体を休めることなく、普段以上に丁寧に部屋の掃除をしたり、大物を洗濯したりと家事に勤《いそ》しんだ。

夕食も、いつもより手の込んだものを——といっても、毎日の食卓は一般家庭と比べて、とても共働きの人間が作るとは思えないほどの品数を誇ってはいるのだが——と考え、遠くの、珍しい食材を仕入れている高級スーパーまで買い出しに出かけた。

上条の帰宅時間は遅いことが多いが、たいてい彼は家で夕食をとる。帰宅が深夜となってもそれは同じで、昨夜のように帰宅後行為になだれ込んでしまった場合でも、神津が用意していた場合は必ず食事をとった。

別に気にしなくていい、といくら神津が言っても、

「せっかくまーが作ってくれたんだから」

と、上条は嬉々として食事を始める。食べると必ず「美味《うま》い」と感嘆の声を上げるだけでなく、それが世辞ではないことを示すためか、この料理のここが美味いと詳細まで語ってくれる。

そうなると神津もやりがいが出てくるし、また、夕食は家でとると上条は決め、外では食べて来ないようなので、出張などで家を空ける以外には必ず食事を作るようになった。

今夜も一汁三品どころか、五品も作った料理を前に、神津は一人上条の帰りを待っていた。

時計の針が八時を過ぎ、九時を過ぎても上条は帰ってこない。

最近、彼の帰宅は午前零時を過ぎることも多かったので、先に風呂にでも入っておくか、と神津はいつものように空腹を堪えながら入浴し、その後、スーパードライを飲みつつテレビを観たりして一人のときを過ごした。

午前零時を過ぎても、上条が戻る気配はない。二時、三時になることもあるからなあ、と溜め息をつきつつも神津はリビングのソファでテレビを前に上条の帰りを待った。

そう興味のないお笑い番組をつけていたためか、いつしかうとうとしていた神津がはっと目

覚め、時計を見上げると午前三時を回っていた。通販番組に変わっていたテレビを消し、もしや、と思い、自分の携帯電話を求めて立ち上がる。

携帯をチェックしたが、メールも着信もなかった。念の為、と家の電話を見たが、留守番電話のランプも点滅していない。

「…………」

共に暮らし始めてから上条が無断で外泊をしたことはそうなかった。一度ある事情で朝になってから帰宅したというケースはあったが、そのとき以外、泊まりになるとわかった瞬間に上条は電話なりメールなりを入れてくれていた。

それは、一人家で起きて待っている自分への配慮だと神津は察していただけに、午前三時を過ぎても連絡の一つもないとは珍しい、と思うと同時に、彼の身に何かあったのではないかと心配になってきた。

特捜部の検事として上条は、身分を隠して捜査に当たることが多い。危ない橋を渡ることも多々あるということは、自分を捜査していたときのことを思うと、神津にも軽く推察できた。

何事もなければいいのだが――溜め息をつく神津の頭にちらと、もしや、という考えが過《よ》ぎる。

事件とは関係なく、いつも脂粉の匂いを彼の身体に染み込ませている女性と、楽しく過ごしているのではないか。

「……馬鹿な……」

ぽつり、と神津の口から呟きが漏れる。そんなわけがない、と彼は笑おうとしたが、頬《ほお》は痙《けい》攣《れん》するばかりで上手く笑顔は作れなかった。

上条が自分を裏切るわけがない。きっと仕事だ。しかも切羽詰まった状況で、連絡を入れる暇もない、大変な状態なのだ。

メールの一本も入れることができないという『大変な状況』を、神津は一つとして思いつかなかったものの、きっとそうなのだ、と自身に言い聞かせ大きく頷く。

寝ずに待っているとまた、上条は気を遣うだろう。先に休ませてもらおう、と思いながらも神津の足はリビングへと向いていた。

今までうとうとしていたソファに腰掛け、テレビのリモコンへと手を伸ばす。が、とても番組を観るような気力はなく、リモコンを放り投げると神津は、ソファの背もたれに身体を預けて天井を見上げ、大きな溜め息をついた。

なんとなく、嫌な予感がする——これ、という確証があるわけではなかったが、胸騒ぎとでもいうのだろうか、変に鼓動が速まってくるような気がして、また、神津は大きく息を吐く。

気のせいだ。きっと忙しいだけなのだ。そう言い聞かせ、神津は上条の帰宅を、彼から連絡が来るのを待ったが、空が白々と明るくなったあとも上条がドアチャイムを鳴らすことはなく、また、連絡が入ることもなかった。

まんじりともせず夜明けを迎えた神津は、それでも、上条には何か事情があったのだろう、と考えるようにしていた。

今日は休みではなかったため外出の支度をしたが、シャワーを浴びているときにも携帯は洗面所に置き、いつ電話があっても出られるようにと心がけた。

そんな神津の気遣いとは裏腹に、上条からは電話も、そしてメールも来る気配はなかった。遅刻となるぎりぎりまで神津は家で彼の帰りを待ったのだが、いよいよ出かけねばならない時刻になってしまったため、後ろ髪を引かれる思いで官舎をあとにしたのだった。

勤め先である大学の研究室に到着後、神津は思い切って上条の携帯に連絡を入れてみることにした。電話は迷惑になる可能性があるから、と、メールをしてみようと試みる。

なんと打とうかとさんざん悩んだあと神津は、『今夜は何時くらいに帰れそう？』というだけの文面を送信した。

上条は実にマメであり、普段、メールの返信はすぐ来るのだが、今日に限っては五分経っても十分経っても返事は来ず、神津の胸に嫌な予感を滾らせていった。

一時間後、返信も電話もなかったため、神津は上条の携帯を鳴らしてみようか、と思い、周囲に少し席を外すと断って研究室を出た。時刻は十時を回っている。昨夜からまるで連絡が取れないのは、何か非常事態が起こったのではないかと心配になってしまったのである。

仕事の邪魔をしたくないという理由で、神津は滅多に上条の携帯に連絡を入れることはなかった。メールも最近、ようやく打ち始めたくらいで、日中の明らかに勤務時間内と思《おぼ》しき時刻には送信したことはなかった。

上条は電話の一本、メールの一本も打てないほどの非常事態に身を置いているのかもしれない。それが仕事上のことであればいいが、万一彼の身に危険が迫っているとしたら——神津は今や、心配で居ても立ってもいられない状態となっていた。

それでも外に出てから三分は逡巡《しゅんじゅん》したあと、彼は上条の携帯に電話をかけた。繋《つな》がるまでの間、息を詰めてじっと待っていた神津の耳に、留守番電話センターの女性の応対メッセージが響き、溜め息をつかせた。

いよいよ心配になってはきたが、さすがに上条の職場の電話にかける勇気を神津は持っていなかった。一応番号は知らされていたが、そこまでするのは、と躊躇ってしまったのである。

どうしよう、と神津は暫《しば》し考え、上条の友人たちに相談してみようかと思いついた。前述のとおり、上条には三十年来の腐れ縁と互いに自称する友人が二人おり、実に深い付き合いを続けていたからである。

友人の一人の名は高円寺久茂《こうえんじひさも》といい、新宿西署《しんじゅくにししょ》の刑事をしていた。もう一人の友人は中津忠利《なかつただとし》という名で、かつては上条と同じく検事をしていたのだが、今は日本有数の法律事務所に勤務する敏腕弁護士となっている。

彼らにはそれぞれ同性のパートナーがおり、そのパートナーたちとも神津は知り合いだった。高円寺のパートナーは彼の上司であるキャリアの遠宮太郎《とおみやたろう》、中津のパートナーはフリーのルポライターである藤原龍門《ふじわらりゅうもん》である。

上条と連絡が取れないことについて、誰に相談しよう、と神津はそれら四人の顔をざっと思い起こした。上条が何か連絡を入れるとすると、腐れ縁の高円寺か中津ということになろう。もしも事件絡みであった場合、アンテナを常に張り巡らせている藤原が何かを知っているかもしれない。

暫し悩んだあと、神津は高円寺の携帯に電話を入れてみることにした。上条の周辺には気のいい男たちばかりが集《つど》っているのだが、中でも人一倍面倒見が良いのが高円寺であり、人当たりがいいのもまた彼であったためである。

仕事中であろうし、邪魔になるのではないかと案じつつも、やはり気になるから、と神津は携帯のアドレス帳から高円寺の番号を呼び出そうとした。と、その瞬間、携帯が着信に震えたものだから、神津ははっとし、誰からだ、とディスプレイを見やった。

「……え？」

画面に浮かび上がっているのはなんと、今、神津がかけようとしていた高円寺の番号だった。あまりの偶然に、電話に出ることも忘れ固まってしまっていた神津だが、すぐに我に返ると慌てて応対に出た。

「もしもし、神津です」

『まさとっさんか？　高円寺だ。今、ちょっといいか？』

「あ、はい……」

電話の向こうの高円寺は、酷《ひど》く切羽詰まった声を出していた。生粋《きっすい》の日本人でありながらもラテン系の濃い顔立ちをしている高円寺は、性格のほうもラテン系そのものの陽気さであるのだが、その彼が一体どうしたことか、と、神津の胸に宿っていた『嫌な予感』がますます増幅していく。

だが電話越しに高円寺が告げた話は、神津の『嫌な予感』を遥かに超えるものだった。

『落ち着いて聞いてほしいんだけどよ、ひーちゃんが……上条が今、取り調べを受けている』

「……え？」

非常に言いづらそうに告げられた高円寺の話の内容が、当初神津の頭にはストレートに響いてこなかった。

取り調べ――？　一体何の件で取り調べられているというのだ、と問い返そうとした神津の耳に、あまりに衝撃的な言葉が告げられる。

『殺人容疑だ。これからすぐ、署に来られるか？』

「…………」

ぽろり、と神津の手から携帯電話が零れ落ちた。

『まさとっさん？　おい、大丈夫か？』

高円寺が張り上げる大声が、足下に落ちた携帯のスピーカーから微かに響いてくる。普段の神津であれば、慌てて電話を拾い上げ、大丈夫だ、取り乱して悪かった、と高円寺に詫びていたであろうが、愛する人に殺人容疑がかけられているという事実を前にした今の彼に普段の気遣いを求めるのは酷であった。

その後すぐに向かった新宿西署で更なる衝撃が待ち受けていることなど神津にわかるはずもなく、受けたショックの大きさから軽い貧血さえ起こしてしまいながら彼は、これが悪夢であってくれ、という空しい祈りを抱かずにはいられないでいた。

2

「あ、まさとっさん！」

教授に早退を申し入れ、急いで駆けつけた新宿西署の前で、高円寺とそして、彼が呼んだと思しき中津と藤原が青ざめた顔で神津を迎えた。

「秀臣……っ……上条さんは？」

一体どういった状況なのだ、と珍しく神津が勢い込んで高円寺を問い詰める。

「ここじゃ話もできねえ。取りあえず中に入ってくれ」

高円寺はそう言うと、中津と藤原にも行こう、と目配せし、神津の背を抱いて署の中へと進んでいった。

高円寺が三人を連れていったのは、刑事課とは別のフロアにある会議室だった。少人数の会議用の部屋らしく、椅子が八つほどテーブルを囲んで並んでいる。

「茶でも、といいたいが、目立ちたくないからな」

高円寺は笑って三人を見渡したが、軽口を叩《たた》いているにもかかわらず、彼の顔色は悪かった。

「茶ならあとでいくらでも飲むさ。それよりどういうことなんだ？」

中津が普段の余裕をまるで感じさせない、ぴりぴりした様子で問いを放つ。

「まあ、座ってくれ」

高円寺は三人を座らせると、自分も椅子を引いて腰掛け、身を乗り出すようにして話し始めた。

「今朝、歌舞伎町《かぶきちょう》のラブホテルの一室で、女装したゲイボーイと思しき若い男性の遺体が発見されたんだが、死体の寝ていたベッドに上条も一緒に寝ていた。死体の首に巻かれていたベルトが上条のもので、奴の指紋も検出された」

「なんだって!?」

「うそでしょう!?」

高円寺は声を潜めて話していたのだが、それに被さった中津と藤原の声は驚きのために叫ぶようなトーンとなっていた。

神津は、といえば、彼ら以上に驚いていたため、言葉を放つこともできず、ただ呆然《ぼうぜん》と座っていた。

「上条はその場で現行犯逮捕された。今、タローが取り調べに当たっている」

「現場の状況をもっと詳しく説明してもらえないか？　現行犯逮捕というのはどういうこと

だ？」

中津がまたも、らしくなく苛《いら》ついた口調で高円寺に詰め寄る。

「わかった」

高円寺は頷くと、三人をぐるりと見渡し、事件のあらましを説明し始めた。

歌舞伎町のラブホテルから一一〇番通報があったのは、午前九時過ぎだった。清掃係が空室と見誤り、入った室内で死体を発見したということで、高円寺をはじめ新宿西署の刑事が現場となったホテル『ローズガーデン』に駆けつけた。

「ああ、高円寺さん」

早くも現場入りしていた監察医の須原《すはら》が、なんとも複雑な表情で高円寺を迎える。

「どうした？」

腰まで伸ばした黒髪と、絶世ともいうべき美貌《びぼう》で有名な監察医は、バイセクシャルであることでもまた名を馳せているのだが、常に人を食ったような態度を取る彼にしては珍しい、と思いながら高円寺は須原に駆け寄った。

「遺体に何か問題でも？」

たとえば首がない、などの残虐な事件なのか、と問いかけると須原は「いや」と首を横に振った。確かに彼なら、どれほど無残な遺体を前にしても、顔色を変えることはあるまい。それなら一体何が、と眉を顰《ひそ》めた高円寺とそれまで合わせていた視線を須原がすっと逸《そ》らし、部屋の片隅を見た。高円寺も彼の視線を追い、そのほうを見る。

部屋の隅には警察官に囲まれた、背の高い男がいた。ちょうど背中を向けていたため、羽織っているバスローブしか見えない。そんな後ろ姿であっても高円寺はその人物が誰であるかを一瞬にして見抜き、驚きから思わずその名を叫んでいた。

「ひーちゃん！」

「…………」

馬鹿でかい高円寺の声に、室内にいた皆がぎょっとして彼を見る。が、彼らの視線に構っていられるような余裕が高円寺にはなかった。

「おい、なんだ？　一体どうしたっていうんだよ？」

慌てて駆け寄り、上条を囲んでいた警官を押しのけ彼の前に立つ。

「…………よお」

笑った上条の顔色は悪く、額には脂汗が浮いていた。目の焦点も合っておらず、身体が細かく震えている。

「高円寺さん、この男、知ってるんですか？」

と、その場にいた、高円寺も顔馴染みである近隣の交番勤務の警官が問いかけてきた。

「あ？　ああ……」

頷いた高円寺の周囲にざわめきが起こる。

「誰です？」

あまり知らない警視庁《けいしちょう》の刑事が、高円寺に詰め寄る。それより、と高円寺は上条の肩を掴み、強く揺さぶった。

「おい、どうしたよ？　具合が悪いのか？　そもそもお前、なんでこんなところに……」

「具合が悪いんじゃない。ラリってるんだと思うよ」

そのとき高円寺の背後で、須原の声が響く。

「なんだと？」

鬼の形相で振り返った高円寺に対し、須原は肩を竦《すく》めると一言、

「シャブではないと思う。セックスドラッグじゃないかな」

そう言い、ふいと目を逸らせた。

「………そうなのか？」

高円寺が上条の上腕を掴み、目を覗き込む。

「署で尿検査をすれば何を飲んでいるのかわかるでしょう」

横から本庁の刑事が高円寺を押しのけ、上条の腕を掴んで歩き始めた。

「おい、ちょっと待てや」

慌ててあとを追おうとする高円寺の腕を、いつの間にか近くまで来ていた須原が摑む。

「なんなんだよ」

離せ、とその腕を振り払った高円寺に須原は「落ち着けよ」と、珍しくも厳しい顔つきでそう言うと、再び高円寺の腕を摑んで彼の足を止めさせた。

「おい」

「ああ、井上《いのうえ》さん、ちょっと」

離せって、と、またも高円寺が彼の腕を振り払ったとき、

「なんでしょう」

という返事と共に、その美貌と性志向ゆえ、名物鑑識係といわれている井上が二人に駆け寄ってきた。

「現場の状況、今のうちに高円寺さんに説明してあげてよ。多分、捜査から外されると思うから」

「あ、そうなんですか？」

そういうことか、と思わず須原を見やった高円寺の前で、井上はあまり興味のなさそうな相《あい》槌《づち》を打つと、

「それじゃ、こちらへ」
と高円寺をベッドへと導いた。須原に目で礼を言い、高円寺が井上のあとに続く。
遺体はまだベッドの上に横たわっていた。綺麗《きれい》に化粧をしているその顔は土気色になってい
たが、生前はかなりの美形であったことがわかる若い男である。
「ほぼ、見たままの状態です。凶器と思われるベルトからは指紋が検出されました。どうやら
同衾《どうきん》していたあの男の——高円寺さんのお知り合いの彼のもののようですよ」
「…………そうか……」
ベッドの周囲には、洋服が散乱していた。ベッドインを焦ったのがありありとわかる脱ぎっ
ぷりだ、と高円寺は上条のものとしか思えない趣味の悪いスーツを見下ろし、そこにベルトが
ないことに気づいて深く溜め息をついた。
「死亡推定時刻は午前三時頃。性交渉については今のところ不明だ。遺体の太股《ふともも》に精液が飛ん
でいるけれど、本人のものか否かは調べてみないとわからないからね」
背後から須原がそう声をかけてくる。
「性交渉……」
思わずその単語を呟いた高円寺だが、不意に目の前に井上の、綺麗としかいいようのない顔
が現れたのにはっと意識を戻した。

「なんだ?」

「皆の話を総合すると、二人がホテルにチェックインしたのは午前一時頃だそうです。ホテルの監視カメラは今壊れてるそうで、映像は残っていないのですが、フロントは有人で、二人がチェックインしたときの話が聞けたみたいですよ。チェックインをしたのは死んだ彼じゃなく、もう一人のほうだったとか」

「なんだと?」

上条が自らチェックインしたというのか、と、驚いたあまり、高円寺は井上の肩を摑み揺さぶってしまっていた。

「いたいー。高円寺さん、乱暴」

「あ、ああ。すまねえ」

黄色い声を上げた井上を前に、はっと我に返った高円寺は彼に詫び、改めて問いを重ねた。

「室内の指紋はどうだ? 二人以外に出入りした形跡はないのか?」

「指紋は沢山出ましたが、いつついたものと特定はできません。こういう言い方をするのはなんですが、あまり質の良いホテルじゃないようで、掃除も実にいい加減ですので、床に落ちている体毛もまた、いつ落ちたと特定できない状態です。この部屋に第三者がいたと証明するのは難しいですね」

「……そうか……」

首を横に振る井上に、高円寺は呟くようにして相槌を打つと、今まさに運び出されようとしている遺体を見やった。

見覚えのまるでない青年である。綺麗に化粧しているだけでなく、臑毛《すねげ》や脇毛も剃《そ》っているところから、日頃女装をしているのではないかと思われた。

日頃女装をするというのは、どういった職種か、と考え、やはりゲイボーイだろうか、と結論づける。

それにしてもなぜ上条が、女装のゲイボーイとラブホテルの一室にいたのか。しかも『ラリって』いる状態で――わけがわからない、と動揺しつつも、その後も現場をくまなく観察し、事件の概要を頭に叩き込むと高円寺は署に戻った。

取り調べに当たりたいと上司に――遠宮に直訴したものの、当然のことながら『友人』が絡む事件の捜査からは外れろ、という指示が出された。

「しかし」

「規則は規則だ。例外は認めない」

いつものごとき厳しい語調で、遠宮は高円寺を一喝したが、上条の取り調べには自らが当たる、と宣言し、部下たちは滅多にないケースに戸惑いを禁じ得なかった。

「……というわけで、今、上条はタローの取り調べを受けている」

話をし終え、ぐるりと中津と藤原、それに神津を見渡した高円寺の目には未だ動揺の色が濃かった。

「……どういうことなんだ？」

ぼそりと呟いた中津の顔にも、

「さっぱりわかりませんね」

と相槌を打ち頷いた藤原の顔にも、同じく動揺がこれでもかというほど表れている。

「まさとっさん、昨夜上条から何か連絡は？」

と、ここで高円寺が神津へと話題を振ってきた。

「……いえ、何も……」

首を横に振り答えた神津の声は酷く掠《かす》れ、殆《ほとん》ど聞こえないようなものになっていた。

「大丈夫か？　真っ青だ」

神津の顔色の悪さに気づいた中津が慌てて立ち上がり、テーブルを回り込んで神津の傍《そば》に立つ。

「……大丈夫です……」

心配をかけまいとし、笑顔を作ろうとした神津だが、頬が痙攣しただけで終わった。

「無理しないでいいよ」

中津がぽんと彼の肩に手を置き、わかっているから、というように頷いてみせる。

「連絡はなかったんだな。帰りが遅くなるというようなことは、朝、家を出るときに言ってたか？」

神津の体調を気遣いながらも、高円寺が問いを発してくる。

「いえ、何も……ただ、このところ帰りが遅い日が続いていましたので……」

遅くとも、いつものことだと思っていた、と続けようとした神津の声に被せ、中津が問いかけてきた。

「最近、何か上条に変わったところはなかったかな？」

おずおず、といった表現がぴったりくる中津の声音に、ああ、気を遣ってもらっている、と感じながらも、神津は果たしてこのところの上条の『変わったところ』を話すべきか否かを瞬時迷った。

帰宅は遅く、脂粉の匂いを立ち上らせていることが多かった。髪を濡らして帰ることもままあった。

それらを上条は『仕事だ』と言っていたが、実際のところはどうだったのか——そんな考えがぐるぐると頭の中を巡る中、高円寺の悔しげな声が室内に響く。

「俺は捜査からまるまる外されるだろう。タローはその辺、容赦ねえからな」

「……まあ、そうだろうな」

中津もまた難しい顔をし、頷く。おそらく高円寺は、自分以外の捜査員が上条の逮捕を知らせることになると考え、ショックを与えまいという配慮から先に知らせてくれたのだろう。また、捜査から外されるとなると、神津との接触を禁止される可能性がある。それより前に、話を聞きたかったということもあるのかもしれない。

上条の無実を誰より信じ、彼の危機を救おうとしている高円寺の友情に応えるには、やはり話すしかない、と神津は心を決めた。

「……このところ、秀臣さんの帰宅時間は毎晩遅く……深夜を回ることがしばしばでした。ときどき、化粧品や香水の匂いをさせていることがあったり、外でシャワーを浴びてきたようなときもあったのですが……」

「なんだと？」

「なんだって!?」

神津の話に、高円寺と中津、二人が揃《そろ》って声を上げ、藤原が驚いたように目を見開く。

「それって、もしかして……」

高円寺が言いにくそうに問いかけてきた、その内容を察し、神津は首を横に振った。

「僕も気になって、本人に聞いてみたんです。どういうことなのか、と……秀臣さんは『仕事だ』と言っていました」

「……まあ、浮気だとしても馬鹿正直に答える奴はいないだろうが……」

高円寺がぼそりと呟いたあと、はっとした表情になり、慌てて神津へのフォローを始めた。

「いや、これは一般論で、ひーちゃんに限ってはあてはまらねえと思うがな」

「実際、他に『浮気をしている』と思われるような材料はあったのかい？　神津さんへの対応とか」

横から中津が冷静に問いを発してくる。

「おい、中津よ」

高円寺が非難めいた視線を彼へと向けたのは、そうストレートに聞くなと言いたかったようだが、それを中津がぴしゃりとはね除けた。

「あれこれ気を遣うほうが失礼だろう。僕は上条が浮気をするとは信じがたいと思っているが、お前は違うのか？」

「そりゃ俺だってひーちゃんがまさとっさん以外に目を向けるとは思っちゃねえよ」

高円寺はむっとした顔で中津に言い返すと、視線を神津へと向ける。神津は二人を、そして黙って自分を見つめていた藤原を見渡すと、首を横に振った。

「僕への態度は、いつもどおりでした。特に変わった様子はなかったと思います」

帰宅が遅く、脂粉の匂いを身体に染み込ませていただけで、と続けると、他の三人はそれぞれに顔を見合わせ俯《うつむ》いた。

「…………」

それこそが『浮気の証拠』じゃないか、と言いたいのだろう、と察した神津もまた俯く。

先ほどの、死んでいたのが化粧をしたゲイボーイだったという高円寺の報告から、もしやその男と上条は毎夜のごとく会っていたのではないか、という疑いが神津の胸には生まれていた。

もしも会っていただけではなかったとしたら――？　毎夜のごとくラブホテルで、行為を楽しんでいたのだとしたら――？　脂粉の匂いはそのときに上条の身体に染み込んだのだとしたら――？　濡れた髪はラブホテルのシャワーを浴びてきていたのだとしたら――？

あり得ない、と思いたいが、上条が実際ラブホテルにいたという事実が、神津を打ちのめしていた。

「あの」

藤原がおずおずとかけてきた声に、神津が、そして高円寺と中津の二人もはっとして彼を見る。

「……はい」

「薬に関してはどうです？　何か新たに服用していた、等の事実はありますか？」

藤原の気を遣った問いかけは、上条が『ラリっていた』という事実から、常用性があったか否かを確かめたいものだと、神津はすぐに悟った。

「いいえ。薬は飲んでいないと思います」

「ひーちゃんは風邪一つひかねえ馬鹿だからよ。薬はねえだろ」

高円寺が笑って藤原の背を叩いたが、彼の顔は引きつっていた。

「セックスドラッグなんて使わなくても、絶倫だからな」

中津も少しふざけた調子でそう言い、神津に笑いかけてきたが、彼の顔色も悪い。

「……はい……」

普段の神津であれば、この種のジョークには顔を赤らめるのだが、真顔で頷いたのは上条の『絶倫』ぶりが普段どおりであったかを一人案じていたためだった。

帰宅は遅かったが、上条は毎晩神津を求めてきた。二度、三度、それ以上の回数をこなすこともあったが、改めて考えるとその回数も求め方も普段以上であったように神津には思えてきてしまっていた。

もともと激しいセックスをする上条だから気にも留めていなかったが、いつも以上に激しく、そして執拗《しつよう》だったようにも思う。だが薬を飲んでいた様子はなかったと思うのだが——一人ぐるぐるとそんなことを神津が考えていたそのとき、いきなりノックもなしにドアが開き、甲高い声が室内に響き渡った。

「あー、高円寺さん、いた!!」

「げっ」

神津がはっとして見やった先には、新人として新宿西署に配属された桜井隆一郎《さくらいりゅういちろう》が、息を切らせて立っていた。高円寺が心底嫌そうな顔をしながら立ち上がり、駆け寄ってくる桜井を迎える。

「課長が探してましたよ。すぐ来てくださいって」

行きましょう、と高円寺の腕に己の腕を絡ませようとする桜井が、高円寺に対し『熱い想い』を抱いているということは神津も知っていた。それにしても、他の面々に目も向けないとは、と内心呆《あき》れていた神津の前で、高円寺が邪険に桜井の手を振り払う。

「わかったって。そのうち行くよ」

「今、来てくださいって言ってますよ。なんでも容疑者の同居人と連絡が取れないそうで、高円寺さんが知ってるんじゃないかって、凄《すご》い剣幕で」

「え?」

高円寺の冷たい態度に負けず、尚も縋り付きながら桜井が告げた言葉に、神津が驚いて声を上げた。中津や藤原もぎょっとした顔になり桜井を見ている。

「おい」

高円寺もまた、驚いた様子で桜井を見下ろした。その彼の腕を強引に取ると桜井は、

「ほら」

と彼を促し、部屋の外に出ようとしながら、他の三人を見向きもせず、さも高円寺に話しかけている口調でこう告げた。

「僕は何も見てませんから。高円寺さんしか眼中にないんです」

「桜井……」

高円寺がはっとした表情となり、彼の顔を覗き込む。

「いいから行きましょう」

桜井は高円寺を見返しもせず、そのまま彼を引っ張り、部屋を出ていった。バタンと扉が閉まった途端、藤原が神津の背を叩く。

「まずはここから退散しよう。あのボーヤの心遣いが無駄になる」

「成長著しいな。びっくりだ」

横から中津が感心した声を上げつつも、彼も神津へと視線を向け「行きましょう」と声をかけた。

「は、はい……」

高円寺のストーカーと化している桜井は、高円寺が神津を呼び出し、先に事態を説明したということに感づいていたと思われる。見て見ぬふりをしたのは、そのことが上司に知れれば大問題となるとわかっていたためだろう。

学生としか思えない容姿と比例し、仕事に対する心構えや態度も学生並、否、それ以下とも言われていた彼とは思えぬ配慮だ、と神津もまた感心しながら、中津と藤原のあとに続き、新宿西署をあとにした。

署の近くのコインパーキングに停めていた藤原の４ＷＤに乗り込んだあと、神津は携帯電話をチェックした。ポケットに入れたままでいたので、着信に気づかなかったが、研究所の職員から、至急連絡をくれという伝言が入っていたため、かけてみると、新宿西署の刑事が連絡を取りたいといってきたので、電話を入れてほしいとのことだった。

「少し走るか」

藤原がそう言い、車を出す。普段は助手席に乗る中津は今日は、後部シートの神津の隣に座っていた。

「大丈夫？」

心配そうに顔を覗き込んできた彼の、相変わらず端整な顔に見惚《みと》れてしまいながらも、神津は「はい」と頷くと、今後の対応を相談しようと口を開いた。

「警察に連絡を入れ、捜査状況を聞けるところまで聞きたいと思っています」

「うん、そうだね。明かしてくれるかはわからないが……」

中津の返事に神津も「そうですね」と頷く。

「まあ、タローちゃんも生真面目なだけで鬼じゃない。署の外ではいろいろ教えてくれると思うよ」

運転席から藤原がそう声をかけてきたのに、中津が「そうだな」と頷いたあと、くす、と笑った。

「それが駄目でも、あのボーヤがいろいろ教えてくれるだろう」

「あれはびっくりした。高円寺さんも指導のしがいがあったってもんだね」

桜井君だっけ、と藤原が笑い、ミラー越しに二人を見やる。

「違いない」

中津がまた笑い、神津を見る。

「そうですね」

神津もまた微笑み返し、車中には一瞬だけ笑いが溢れたが、すぐに鎮まっていった。

「そろそろ署に連絡を入れたほうがいいかもしれない」

暫しの沈黙のあと、中津がそう言い、神津を見た。

「はい」

神津が頷き、先ほどメモった番号に電話をかけ始める。

「あの、ご連絡をいただいたそうで……」

神津にコールバックを頼んだのは、彼も、そして中津や藤原も知らない名の刑事だった。その刑事を呼び出してもらい、神津が電話の向こうにそう喋《しゃべ》り出す。

「……はい……はい……」

神津が頷く様を、中津が横から、藤原はミラー越しに見つめていた。

「わかりました。これからそちらに向かいます」

神津は電話を切ると、二人が問いかけるより前に自分から電話の内容を説明した。

「秀臣さんにある容疑がかかっているので、事情を聞きたいということでした。向こうから出向くとのことだったのですが、僕が署に行くことにしました」

「殺人容疑がかかってるということは言ってたかい？」

藤原の問いに神津が「いいえ」と首を横に振る。

「今、どこにいるかは言った？」

「言ってません」

中津の問いにも神津が首を横に振る。と、中津が藤原に声をかけた。

「それならもう少し、走らせようか」

「了解」

藤原が明るく返事をし、アクセルを踏み込む。

「まさか上条が殺人事件の容疑者になるとは思わなかった」

暫しの沈黙のあと、口を開いたのは中津だった。

「はい」

頷く神津の脳裏に、昨日の朝、家を出るときの上条の顔が蘇《よみがえ》る。

『それじゃ、いってくるぜ』

いつものように軽くキスをし、出かけていった彼に、普段と変わった様子はまるでなかったように思うのに、と考える神津の口から我知らぬうちに溜め息が漏れていた。

「おそらく上条ははめられたんだと思う……が、材料が少なすぎてまるで状況が読めないな」

中津もまた溜め息混じりにそう言い、拳《こぶし》を己の膝《ひざ》に叩きつける。

「上条さんが今、何を調査していたか、その辺を当たってみるよ」

運転席から藤原がそう言い、ミラー越しに二人を見やると大きく頷いてみせた。

「ありがとうございます」

「死んだゲイボーイの周辺と、それから現場となったホテルについても当たってくれ」

礼を言ったのは神津だけで、中津は追加の調査を厳しい表情で藤原に命じる。

「言わずもがなだ」

「そうだな」

藤原は気を悪くするでもなく、中津に笑って頷いた。中津もまた笑顔を返し、二人の視線がミラー越しに絡まるのが神津にもわかる。

互いを信頼しきっているそんな様を見る神津の頭にまた、上条の笑顔が浮かんだ。

『仕事だ』

その一言ですべてをすまそうとしていた彼は、果たして自分を信頼してくれていたのか――ふとそんな考えが浮かび、馬鹿な、と神津は軽く頭を振って、その考えをふるい落とそうとした。

どれほど心を通わせた恋人同士であっても――それこそ血の繋がった家族であっても、上条の仕事の性質上、内容を明かせないことがある。

自分だって研究成果を上条に問われたとしても明かせないだろう。踏み込めない領域があるのは、常識的に考えてもわかることなのに、そこに動揺してどうする、と自分を叱咤《しった》する声の向こうから、もう一人の己の声が神津の頭に響く。

それならなぜ、上条はラブホテルになどいたのか。ラブホテルで女装のゲイボーイとセックスをすることが彼の『仕事』だったというのか――？

「…………」

馬鹿な、と再び首を横に振っていた神津は、隣から中津が心配そうな眼差しを注いでいるのに気づき、はっと我に返った。

「……大丈夫です」

問われるより前にそう言い、頷いた神津の耳にまた、『何が大丈夫なんだか』というもう一人の己の声が響く。

大丈夫だ、とその声を頭の奥に押し込め、神津は一人深く頷いたのだが、この先彼を取り巻く環境は、ますます『大丈夫』とはほど遠いものになっていった。

新宿西署の近くまで、藤原は神津を車で送ってくれた。

「それじゃ、気をつけて」

降車する際、何かあったらすぐに連絡を、と言ってくれた中津に神津は「ありがとうございます」と礼を言い、藤原にも頭を下げてから、署へと向かって歩き始めた。

受付で名前を言うとすぐに刑事課に通され、会議室に案内された直後に、室内に遠宮が入ってきた。

「お忙しいところご足労いただき、申し訳ありません」

遠宮の顔色は悪く、態度は酷く他人行儀だった。親しげにしては部下たちに示しがつかないのだろうと察した神津は、

「いえ」

と首を横に振ったあと、彼もまた他人行儀の態度を貫くことにした。

「上条さんに関するお話というのは、一体どういうことでしょう」

車中で神津は中津から、事件のことは知らないというスタンスを貫いたほうがいいとアドバイスを受けていた。高円寺の立場を慮《おもんぱか》るのと同時に、警察から事件の状況を聞き出すにはそれがいいだろうという判断であったが、神津もまた同じことを考えていたので、一も二もなく従うことにしたのだった。

「…………」

遠宮は一瞬、何か言いたげに口を開きかけたが、すぐに唇を引き結ぶと、改めて神津に対し説明を始めた。

「実はあなたと同居中の上条秀臣さんが今、ある事件の容疑者として取り調べを受けています。それで上条さんについて、あなたからいろいろとお聞きしたいと思い、来ていただいた次第です」

「ある事件というのはどのような事件なのですか?」

神津の問いに遠宮は眉間に縦皺を刻んだものの、即答してくれた。

「殺人事件です。今朝、歌舞伎町のラブホテルで若い男の絞殺体が発見されたのですが、同じ室内に上条さんはいただけでなく、凶器となったベルトに指紋が残っていたため、現行犯逮捕となりました。因《ちな》みにそのベルトも上条さんご本人のものです」

淡々と説明を続ける遠宮の声を聞く神津は、自身の頭からさあっと血が下がっていくのを感じていた。

今、遠宮が説明したことは先ほどすべて高円寺の口から聞いて知っていたというのに、と、軽く頭を振り、自身を取り戻そうとする。

「大丈夫ですか」

と、そのとき、遠宮がそれまでの冷たい表情から一変した心配そうな顔で神津の顔を覗き込んでくる。

「はい、大丈夫です」

それほど自分の顔色は悪いのだろうか、と己の頬へと手をやってしまいながらも神津は頷き、逆に遠宮に問い返した。

「殺人事件ということでしたが、被害者はどういった人物だったのですか？　名前など、わかれば教えてもらいたいのですが」

「…………」

遠宮は驚いたように目を見開き、まじまじと神津を見やった。青ざめている自分が意外と冷静でいたことに驚いたのかもしれない、と思いつつ神津は問いを重ねる。

「現場の状況も教えてください。ラブホテルとのことでしたが、室内に第三者がいた形跡はないのですか？　また、出入りは不可能だったんでしょうか。詳しいことを教えていただけない限り、こちらからもお話はちょっとできかねます」

今、神津が喋っている内容は、車中で中津や藤原と打ち合わせたものだった。一方的に情報を引き出されるのではなく、少しでも早く事件の概況を聞き出すべく『ギブテ』ともとれる表現をした神津を、遠宮は尚もまじまじと見やったあと、一つ大きな溜め息をついた。

「わかりました。先にご質問にお答えしましょう」

遠宮がそう言い、じっと神津を見返す。その目の中に不可解としかいいようのない感情を見出し、どうしたことか、と神津もまた、じっと遠宮の目を見返した。

「死んでいたのはゲイボーイだと思われます。が、身元はわかっていません。また、室内に第三者がいた可能性についても、不明としかお答えのしようがありません。というのも、上条さんが取り調べに際し、黙秘を貫いているからです」

「なんですって⁉」

思わず大きな声を上げてしまった神津に、遠宮が大きく頷いてみせる。

「上条さんは犯行を否認していないのです」

「そんな……」

そんな馬鹿な、と呆然としながらも神津は、遠宮の目の中に見えた感情が『憐憫《れんびん》』であったことに気づいていた。

事情聴取を終え、署を出た神津はすぐさま中津の携帯に電話を入れた。神津の報告に――上条が『黙秘』しているというその内容に、中津は絶句したが、すぐに気を取り直したようで、

『ミトモさんの店に集合しよう』

と言い、店に連絡は入れておくから、と電話を切った。

酷い衝撃を受けた状態で神津はミトモの店――二丁目のゲイバーである『three《スリー》 friends《フレンズ》』へと向かった。まだ日も沈んでいない時刻であったが店は開いていて、神津がドアを開けるとカウンターの内側から、

「いらっしゃい」

と、起き抜けの顔をしたミトモが――しかししっかりメイクはしていたが――迎えてくれた。

「すみません……」

開店時刻より随分早い時間に店を開けてくれたのは、自分たちのためだろう。そう察した神津が謝るとミトモは、

「いいのよ。さあ、座って」

と、いつものような笑顔を向けてきたあと、神津が何を注文するより先に、濃い水割りをタンッと彼の前に置いた。

「あの……」

戸惑い、ミトモを見た神津に、

「こういうときは飲むのがいいのよ」

ミトモは肩を竦めてそう言うと「ちょっと待ってて」と言い置き、店の奥へと消えていった。

「…………」

確かに、酒でも飲まなければやっていられないと神津は思い、目の前に置かれたグラスを一気に空けた。

思った以上に濃い水割りに、げほげほと咳《せ》き込んでいると、ミトモが慌てた様子で奥から駆け出してきて「大丈夫？」と顔を覗き込む。

「……すみません……」

おしぼりを手渡してくれた彼に神津が礼を言い、口元を拭っている間に、ミトモは先ほどより少しだけ薄い水割りを彼のために作ってくれた。

「ヒサモと中津ちゃんがすぐ来るって。りゅーもんちゃんは、もう少し調べ物をしてから来るって言ってたから、遅くなると思うわ」

「……ありがとうございます」

はい、と水割りを差し出してくるミトモに、神津が深く頭を下げる。

「ひーちゃんのピンチですもの。皆で力を合わせるのは当然よう」

勿論《もちろん》アタシもね、とミトモがバチリとウインクしたそのとき、カランカランとカウベルの音がしたと同時に扉が開き、

「よ」

「どうも」

と、高円寺と中津が揃って姿を現した。

「いらっしゃい」

ミトモが二人に向かい明るく声をかける。

「悪ぃな。早い時間に店、開けてもらっちまって」

「そう思うんならボトル空けてってよ」

片手でミトモを拝んでみせた高円寺に、ミトモは笑って答えると「さあさあ座って」と二人をカウンターに招いた。

「神津さん、大丈夫?」

中津が神津より奥に、高円寺が手前にと、二人が神津を挟んでスツールに腰を下ろす。

「はい」

頷いた神津の顔を覗き込むようにして、高円寺が問いかけてきたが、その顔は普段の彼に似合わぬ酷く真剣なものだった。

「ひーちゃん、黙秘してるんだって？」

「……はい。遠宮さんがそう言ってました」

神津が震える声で答え、項垂《うなだ》れる。店内に沈黙が流れたが、それを吹き飛ばしたのはミトモの陽気な声だった。

「まずは乾杯よ。それから情報交換といきましょう。沈んでたってなんの解決にもならないんだしさ」

「お前もタマにはいいこと言うね」

最初に乗ったのは高円寺で、それまで眉間にくっきりと寄せていた縦皺を解くと、目の前に置かれたグラスを手に取った。

「それじゃ、決意表明、ということで」

中津もグラスを手に取り、さあ、と神津に頷いてみせる。

「はい」

神津もまたグラスを持ち「あたしも！」とミトモもいつの間に開けたのか、ビールを注いでいたコップを差し出してきて、皆してグラスをぶつけ合った。

「ひーちゃんの一時も早い解放を願って」

ミトモが宣誓よろしく叫んだ高い声に、高円寺も中津も、そして神津も頷き、持っていたグラスの酒を一気に飲み干す。

「おい、こりゃ、原液じゃねえか」

高円寺がクレームの声を上げ、中津が「ほんとだよ」と苦笑する。

「本気でニューボトル、開けさせる気だな」

がめついぜ、と苦情を言いながらも高円寺はミトモに「おかわり」とグラスを差し出すと、身を乗り出し、神津と中津の顔を覗き込むようにして言葉を発し始めた。

「ひーちゃんが犯行を否認しねえのはなぜだと思う？」

「特捜の捜査絡みじゃないか？　犯行を否認しないのではなく、何も喋ることができないということじゃないかと」

中津が答えた、その言葉が終わるのを待たず高円寺が新たな問いを放つ。

「何を喋れないんだ？　遺体の——ゲイボーイの身元か？」

「そのことなんだけど……」

と、ミトモがここで口を挟んできたのに、三人の注目は彼へと集まった。

「亡くなったのはゲイボーイだという話だったから、心当たりはないかと聞き回ったんだけど、皆、知らないって。店で働いてた子じゃない可能性が高いわ。素人《しろうと》なんじゃないかと……」

「素人には見えなかったが……」

現場で遺体をその目で見た高円寺が、うーん、と腕を組み唸《うな》る。

「化粧も上手かったし、体毛の処理もしてた。趣味の範疇《はんちゅう》を越えていたように思うがなあ」

「女装が趣味とか？　それにしては太股に……」

体液が飛んでいたのではなかったか、と言いかけた中津が、さりげなく口をつぐむ。自分への配慮だろうと察し、神津は遠宮から聞き出した現場の状況について、語り始めた。

「太股に付着していた体液は、被害者本人のものだったそうです。今、シーツに残っていた体液を分析中という話でした。アナルセックスを行った形跡は残っていなかったそうです」

「……まさとっさん」

淡々とした口調を心がけつつ喋り終えた神津に、高円寺は痛ましげな目を向けたが、すぐに気を取り直したらしく、

「被害者の身元を明かせないとなると、有名人の息子とか？」

と、話題の方向性を変えた。

「いいとこついてる気はする……けど、なんでひーちゃんが有名人の息子とホテルに行くの

よ？」

「有名人の息子にしろそうじゃないにしろ、上条がなぜ、その男とラブホテルに行ったのか……そこが気になる」

中津の言葉に一同が頷く。

「フロントは上条がチェックインしたと言ってたというが……」

ちら、と神津を見たあと、高円寺が敢えて作った淡々とした口調でそう告げたのに、ミトモが口を挟んできた。

「あのホテル、暴力団との癒着が凄いそうよ。だからこそ監視カメラも置いてないんですって。ヤバいもの撮っちゃ大変だから」

「暴力団？　なんて組かわかるか？」

高円寺の問いにミトモはすらすらと答え、この短時間に、と神津を驚かせた。

「北野組《きたのぐみ》。菱沼組《ひしぬまぐみ》系の四次団体よ。ただ、表に出てるのはこの組だけど、実際絡んでいるのはその上か、またその上か」

調べるわ、とミトモが力強く頷いてみせる。

「となると、上条ははめられた可能性が高いな」

「当たり前だろう」

高円寺の言葉に、中津がいきなり噛《か》みつき、高円寺を、そして神津を驚かせた。

「だいたいはめられたんじゃなきゃ、あいつがクスリなんて飲むわけないだろ？」

「そう、ムキになるなよ。俺だってそう思ってるさ」

高円寺が中津を宥《なだ》め、なあ、と神津とミトモを振り返る。

「クスリ？」

問いかけたミトモに、神津が「はい」と頷く。

「セックスドラッグだそうです。その件に関しても秀臣さんは黙秘を貫いているそうです」

「出所、調べてみるわ。北野組も扱ってた気がする」

「さすが二丁目のヌシ、頼もしいねえ」

まぜっ返しつつも、心底感嘆の目を向ける高円寺にミトモがまた「任せて」と胸を張ったそのとき、カウベルの音と共に、藤原が登場した。

「りゅーもん、遅いぜ！」

「すみません」

高円寺の大声に、恐縮しながら藤原は近づいていくと、早くもグラスを出していたミトモに
「すみません、ウーロン茶」とオーダーした。

「飲めや」

「車なんです。これからちょっと茨城《いばらき》のほうまで行く予定なんで」

「茨城？」

「なんだってそんなところに？」

中津と高円寺、二人が驚きの声を上げ、神津も戸惑いの視線を彼へと向ける。

「アタリかハズレかわからないんですが、亡くなったゲイボーイを知ってるという男が茨城にいるという情報が入ったんで……まあ、ガセかもしれませんが」

「ガセ？」

「どういうことだ？」

またも中津と高円寺、二人が立て続けに問いかける中、ミトモが入れたウーロン茶を藤原は一気に飲み干すと、時間が惜しい、というような早口で言葉を続けた。

「知人だっていう男が連絡を入れてきたんですが、本物かどうかはわかりません。まだ事件も報道されてないのにフライングもいいところですから」

「確かに。まだどのメディアでも報道してないな」

相槌を打つ中津に藤原は「そうなんだ」と頷くと、心持ち声を潜め言葉を足した。

「特捜が報道を抑えているという噂《うわさ》だ。ただ、現場となったラブホテル関係者から、事件のことは漏れ始めているらしい。第一発見者の清掃員は現場も見ているしね」

「しかしそれにしても、被害者の友人が出てくるのは早くないか？」

中津が心配そうに身を乗り出し、藤原の顔を覗き込む。

「ああ、だからガセの可能性は高いが、もしもこれが情報操作による『ガセ』だとしたら、黒幕は誰か、気になるからね。そのあたりを探ってくるよ」

それじゃ、と藤原は早くもスツールを下り、出口へと向かおうとした。

「龍門、気をつけて！」

「りゅーもん、無茶すんじゃねえぞ」

中津と高円寺の心配そうな声に続き、

「龍門さん、気をつけてください」

という神津の、切羽詰まった声が響く。

「大丈夫だ」

藤原は振り返り、まず中津に頷いたあと、高円寺に「いってきます」と声をかけ続いて神津へと視線を向けた。

「上条さんの無実、一刻も早く晴らしましょう！」

「……ありがとうございます」

力強い藤原の言葉を聞き、神津が深く頭を下げる。

「りゅーもんちゃん、気をつけてね」

「はい、いってきます」

最後、ミトモの声に送られ藤原は、店内滞在時間、実に五分、という短さでカウベルを勢いよく鳴らしながら店を出ていった。

「茨城か」

どう思うよ、と高円寺が中津を見る。

「ガセ……にしても、早すぎる気がする。上手くしたらビンゴかな」

「だといいがな」

中津の希望的観測、というべき言葉に、高円寺が肩を竦める。

「別に願望を言ったわけじゃない。もしもビンゴだとしたら、何か裏事情があるんだろう」

「裏？　たとえば？」

「それがわかりゃ、苦労はしないよ」

高円寺と中津の間で会話は進んでいたが、ここで二人は黙り込んでいる神津の存在を思い出したようで、二人してはっとした顔になった。

「俺たちばっかで喋って、悪ぃな」

高円寺がバツの悪そうな顔で頭をかき、

「神津さん、顔色が悪いが大丈夫かい？」

と、中津が神津の体調を気遣う。

「……本当に申し訳ありません」

神津は今、あまりに役に立たない自分自身を鑑《かんが》み、自己嫌悪に陥ってしまっていた。

与えられた情報は同じはずである。否、それどころか、中津や高円寺に捜査情報を教えたのは自分であるというのに、それをもとにあれこれと推理を組み立てていくのは二人ばかりで、自分の頭はまるで働いていない。

藤原も独自の調査で知り得た情報をもとに動いているし、ミトモもまた『情報屋』としての本領を発揮している。自分ばかりが少しも上条の役に立てていないという今の状況に神津はほとほと情けなさを感じ、酷く落ち込んでしまっていた。

「謝ることたあねえだろ」

「そうだよ。神津さんにとっても上条は大切なパートナーだけれど、僕たちにとっても大事な友人なんだから」

高円寺と中津が、口を揃えて神津の謝罪を退けようとする。

「……違うんです」

自分のために働いてもらって申し訳ない、などという不遜《ふそん》なことを考えたわけではないのだ、と、落ち込みながらも神津は慌てて、何を謝罪したのか、それを説明しようとした。

「僕ばかりが役立たずであるのが本当に情けなく、そして申し訳なくて……」

「役立たずじゃねえよ。タローから聞き出した捜査情報を教えてくれたじゃねえか」

「そのとおりだ。充分役に立ってる。何も気にすることはないよ」

高円寺と中津がまた、二人揃ってフォローしてくれたが、遠宮は二人に情報を与えようとして敢えて自分に話したのだろうとわかるだけに、それを己の手柄とはどうしても神津には思えなかった。

それでも、あまり落ち込んでみせては、高円寺も中津も気を遣うだろうと、神津は無理に笑顔を作り、

「申し訳ありませんでした」

と二人に頭を下げた。

「だから謝ることないって」

「そうそう、それより今後のことを考えようぜ」

中津が、そして高円寺がまたフォローを入れてくれるのを、心の中で申し訳ないと思いつつも、謝罪を止められたために謝ることもできず、神津は、

「はい」

と頷いたのだったが、やはりその後も一つとしてこれといった意見を述べることはできなかった。

そろそろ店が本来の客で混み出してきたこともあり、三人はこれで今夜は解散にしよう、ということで会計をすませた。

「送っていこう」

高円寺の申し出を、神津は「大丈夫ですから」と退け、ちょうど来た空車のタクシーに手を上げて車を停めた。タクシーに乗り込まない限り、高円寺は自分を気遣い『送る』と退かないだろうと思ったためである。

「それじゃあ、何かわかり次第、連絡するから」

タクシーに乗り込んでからも、中津と高円寺は神津を気遣い続け、神津はそんな彼らに対し、頭を下げ続けた。

神津を乗せたタクシーが走り去るのを見送ったあと、高円寺と中津、二人の口からは、どちらからともなく深い溜め息が漏れていた。

「神津さん、大丈夫だろうか……」

神津を案じる中津を、高円寺はちらと見やり、肩を竦める。

「大丈夫じゃねえなあ」

「……ショックを受ける気持ちは、痛いほどにわかるからな」

ぽつりと呟いた高円寺に、中津もまたぽつりと呟き返す。

二人とも、上条の無実を信じてはいたが、彼の逮捕された状況を思うとやはり、ショックを抑えきれなかった。

化粧をしたゲイボーイと同衾した可能性があるということ然《しか》り、上条がセックスドラッグを服用していたこと然り、そして——ゲイボーイの命を奪ったベルトが上条自身のものであり、しっかりと指紋までもが残されていたという事実もまた、二人の上に重くのしかかっていた。

上条が人殺しなどするわけがない、と、高円寺も中津も勿論信じている。何かの間違い、若しくは罠にはめられたとしか思えないというのが二人の見解だが、肝心の上条自身が無罪を訴えることもなく、ただ黙秘を貫いているという現状が、やりきれない思いを二人に与えていた。

なぜ否定しないのだ。たとえ特捜の仕事絡みだとしても、自分は殺してなどいないと無実を主張することくらいはできるはずである。

なのになぜ、上条は口を閉ざしているのか——わけがわからない、という憤りから、中津と高円寺、二人の口からはまた、大きな溜め息が漏れていた。

互いのついた溜め息の音に、つい顔を見合わせ苦笑する。

「これからどうする？」

問いかけた高円寺に中津は「そうだな」と考える素振りをした。高円寺がそうであるように、彼もまた、帰宅しても眠れぬ夜を過ごすことになるだろうとわかっていただけに、帰りがたく思っていた。

「りゅーもんは茨城だし、どうだ？　独り寝が寂しかったら、ウチ来て飲み直すか？」

「タローちゃんと鉢合わせたら怖いな」

「なに、その後の捜査状況を聞けるし、ちょうどいいじゃねえか」

軽口を叩き合いながら、互いに肩を組み、空車のタクシーを求めて大通りへと向かって歩き始める。

「今頃、高円寺の部屋で待ってたりして」

「そんな可愛いことするタマじゃねえよ」

「充分可愛らしいと思うけどね」

「可愛らしいやつがかかと落としなんかするかよ」

「かかと落とし？」

ふざけ合うのは、胸に溜まるやるせなさの反動であることは、互いにわかりすぎるほどにわかっている。ふと顔を見合わせ、苦笑し合うことでそれを確かめ合うと二人はまた、

「かかと落としは過激な愛情表現だな」

「りゅーもんにはしねえのかよ？」

「してみようかな」

「おう、マジか？」

それぞれのやるせない思いを癒そうと更にふざけたことを言っては互いの背を叩き合い、高円寺のアパートへと向かったのだった。


高円寺が中津とアパートで飲み始めた頃、神津を乗せたタクシーは上条の官舎へと到着した。建物の前で運転手に金を払って車を降りる。

明かりの一つもついていない真っ暗な家を前にした神津の口から思わず溜め息が漏れる。上条は署に留め置かれるとのことだったので、昨夜に続き今夜も一人で過ごさねばならないのか、と思うと、鍵をポケットから取り出し開ける動作も鈍った。

ようやく取り出した鍵を鍵穴に差したときにまた、溜め息をつきそうになっていた自分に気づき、しっかりしろ、と戒める。

溜め息をついているだけではなんの解決にもならない。いかに無力であろうと、無能であろうと、上条のために自分にできることは何かないかと、せめてそれを考えよう、と唇を引き結んで溜め息を堪え、鍵穴に差した鍵を回そうとしたそのとき、神津の耳に背後からわらわらと駆け寄ってくる数名の足音が響いてきた。

「え？」

何事だ、と身構え、振り返った彼をダーク系のスーツを着込んだ男たちが取り囲む。

「あなたがたは誰ですか？　一体なんのご用です？」

問いかける声が震える。震えているのは声だけでなく、予期せぬ男たちの来襲に神津の両足もまた震えていた。じり、と己へと近づいてくる男たちには隙《すき》というものがまるでない。

襲い来る危機に言葉を失っていた神津の脳裏にはそのとき、新宿西署に勾留されている上条がいつも彼に見せていた優しげな笑みが浮かんでいた。

4

翌朝、朝八時過ぎに高円寺の携帯に中津から電話が入った。

「おう、なんでえ」

前夜、高円寺のアパートで二人は三時過ぎまで酒を酌《く》み交わしていたのだが、部屋にあった酒という酒を飲み尽くしてしまったのを機に、中津は自分のマンションへと戻ったのだった。

さすがの高円寺も泥酔し、普段ならもうすぐ家を出なければならない時間であったにもかかわらず、寝ていたところを電話で起こされ、酒焼けの声で問いかけたのだが、電話の向こうから響いてきた中津の慌てた声が告げた内容に、未だ残っていた酔いは一気に吹き飛んでいった。

『神津さんがいない。これからすぐ、上条の官舎まで来られるか？』

「なんだって!?　どういうことだ？」

問いかけながらも高円寺はその辺に脱ぎ散らかしていたスラックスに足を突っ込んでいた。

『昨夜、随分落ち込んでいる様子だったから、今朝様子伺いに電話を入れたんだが、何度かけても留守電になってしまうので、心配になってね。家を訪ねたが留守のようだ。大学にも連絡を入れたんだが、当分休むと本人から連絡があったらしい』

「大学を休んでるのに家にいないのは確かに変だな。わかった。すぐ行く」

高円寺は即答すると電話を切り、手早く支度をすませてアパートを飛び出した。渋滞を予測し、地下鉄を選んだ彼は、ラッシュアワーの名残の乗客を多く乗せた車内で、神津の身を案じ、なかなか到着しないことに焦《じ》れて掌に拳を叩きつけた。

それでもようやく最寄り駅に電車が滑り込むと、そこから徒歩十分ほどの距離にある官舎に向かい、高円寺は全力疾走した。

「高円寺！」

上条の家の前にいた中津が彼に手を振る。らしくもなく顔面蒼白になっていた彼は、息を切らせて駆け寄ってきた高円寺に挨拶をする間も惜しみ、状況を説明し始めた。

「再度勤め先に連絡を入れたが、やはり来ていないそうだ。この周辺で立ち寄りそうな場所も当たってみたが、それらしい人物を見たという人はいなかった。家に電話をかけても携帯にかけてもいないというのはおかしいだろう？」

「本当に家にいないのか？」

勢い込んで喋っていた中津が、高円寺の問いに、はっとした顔になった。

「……まさか？」

室内で倒れているのでは――最悪の状況を想像したらしい中津の顔から、みるみる血の気が引けていく。そんな彼に高円寺は、

「なわけねえだろ」

と笑ったが、彼の笑いもまた引きつっていた。

「ドア、破るか？」

「管理人と連絡は取れないだろうか」

すぐにもドアを蹴破りそうな勢いの高円寺を中津が抑える。

「そんな悠長なこと、言ってる場合かよ」

高円寺が声を荒立てたそのとき、彼の携帯電話の着信音が鳴り響いた。

「誰だ」

こんなときに、とぶつくさ言いながら高円寺が携帯を取り出し、ディスプレイを見て、顔を顰《しか》める。

「タローだ」

まったくもうよう、とぶつくさ言いながらも電話に出た高円寺の耳に、遠宮の厳しい声が聞こえてきた。

『今、どこにいる？』

「取り込んでるんだ。またあとでかける」

高円寺はてっきり、定時になっても署に姿を現さない自分に対し、遠宮は上司として注意を促すために電話をかけてきたのだと思った。それゆえ、早々に電話を切ろうとしたのだが、遠宮はそれを許さなかった。

『いいからすぐに署に戻るんだ』

きつい語調で言い捨てる彼に、仕方がない、と高円寺は事情を説明することにした。

「実は神津さんと連絡が取れなくなっている。今、上条の官舎の前にいるが、これから中に踏み込もうとしているところだ」

ここまで言えば遠宮も、納得してくれると高円寺は思っていた。神津とは親しく行き来している仲でさえあるのだから、堅物と言われた遠宮も指示を引っ込めるものだと高円寺は確信していたのだ。

だが、彼の予想に反し遠宮は、

『至急、署に戻れ。これは業務命令だ』

と一言告げると、高円寺の答えを待たずそのまま電話を切ってしまった。

「おいっ」

信じられねえ、と憤る高円寺は自身も電話を切ると、

「タローの野郎、ふざけやがって」

と悪態をつきつつ、今にもドアを蹴破るか窓を割るか、という勢いで官舎へと向かっていく。

「待て」

と、中津がそんな彼の腕を摑んで足を止めさせた。

「なんだよ」

うるさそうに高円寺が彼を振り返る。ただでさえ神津の身を案じ、焦っているところにもってきて、上司であるだけでなく恋人でもある遠宮の理不尽としか思えない仕打ちに、やり場のない怒りを覚えていた高円寺は、珍しくも——本当に珍しいことに、中津に当たってしまっていた。

そんな彼の胸の内などお見通し、とばかりに中津は、はっとした顔になったあと、「すまねえ」と詫びてきた高円寺に、気にするな、と微笑んだあとに口を開いた。

「署に戻ろう」

「戻る？　まさとっさんの行方もわからねえのに？」

途端に非難の声を上げた高円寺に向かい、中津は実に冷静な分析をしてみせ、彼に舌を巻かせた。

「神津さんが行方不明だと知らせたにもかかわらず、署に戻れと言ってきたのはおそらく、タローちゃんは神津さんの行方を知っているからだろう」

「なんだと？」

ほんとか、と目を見開く高円寺に中津が苦笑してみせる。

「タローちゃんだって、上条が殺人容疑で逮捕された今、神津さんのことを気にしてるはずだよ。鬼じゃないんだから」

「……だといいんだが……」

ぼそりと呟いた高円寺に「決まってるじゃないか」と中津が笑い、ばしっとその背を叩く。

「さあ、早く署に戻ろう。万が一にも僕の推論が外れた場合は、そうだな、ミトモの店でヘネシーをおごるよ」

「……お前がそんな軽口叩くんなら、俺の勝ちはねえな」

中津の態度に、ようやく落ち着きを取り戻した高円寺もまた、にっと笑い返す。二人の胸の中には相変わらず重苦しい不安が横たわってはいたものの、それでも署には朗報が待っているに違いないと信じ共に足を速めたのだった。

新宿西署に到着すると、遠宮は外で待っていて、すぐに二人を署内へと導いた。

「おい、タロー」

中津の姿を見ても遠宮は驚いた様子を見せなかった。おそらく、自分が高円寺と共にいることを予測していたのだろうと思いつつ、中津は憤った声で遠宮の名を呼んだ高円寺のあとに続いた。

「勤務中にその呼び方はよせ」

遠宮が顔だけ高円寺を振り返り、ぶすっとした声で注意を促す。

「それより、一体どういうことだよ？　説明しろや」

その注意を聞き流し、尚も問いを重ねる高円寺をじろりと一瞥《いちべつ》すると遠宮は一言、

「来ればわかる」

それだけ言い、あとは高円寺が「おい」だの「待てよ」等の声をかけても、振り返ろうとしなかった。

エレベーターで最上階に上がり、真っ直ぐに廊下を進んでいく。刑事課へ行くのではないのか、と中津は高円寺を見た。視線を感じたのか高円寺が彼を振り返り、こそりと囁《ささや》く。

「署長室のあるフロアだ」

「署長室……」

署長になんの用があるのだ、と中津は首を傾《かし》げたが、遠宮が立ち止まったのは署長室ではなく隣接している会議室だった。

ノックをし、ドアを開く彼に続き、高円寺も部屋に入り、

「げ」

室内に一人座っている男を見て、カエルの潰《つぶ》れたような声を出した。

「……っ」

彼の身体越しに会議室を覗き込んだ中津も、滅多なことでは動じない彼にしては珍しく絶句する。というのも室内にいたのは――。

「やあ」

にこやかに微笑みながら二人に手を上げてみせたのはなんと、東京地検特捜部課長、上条の上司にして『最強のゲイ』の異名をとる月本葵《つきもとあおい》、その人だった。

「なんでてめえが……」

高円寺の腰がすっかり引けているのは、ガタイのいい男が好みだという彼に――彼の好みはまさにオールマイティではあるようなのだが――これでもかというほどのアプローチを受けていたためだった。

「君に会いに」

月本が立ち上がり、にっこりと、それは見惚れるような笑みを浮かべながら高円寺に近づいてきた。後ずさる高円寺の前に中津が、そして先に部屋に入っていた遠宮もまた立ち塞がったのを見て、月本がぷっと吹き出す。

「勿論冗談だよ。まさか遠宮課長までもが本気にするとは思わなかった」

足を止め、さも可笑《おか》しそうに笑う月本を前に、遠宮は酷くバツの悪そうな顔になったが、すぐに表情を引き締め、じろ、と彼を睨《にら》んだ。

「今は冗談など言っている場合ではないと思いますが」

「仰《おっしゃ》るとおり。事情を説明しよう」

遠宮の険のある物言いを、月本は肩を竦めて流すと、高円寺と中津、二人へと視線を移し、座ってくれ、というように顎《あご》をしゃくった。

「なんで仕切られなきゃならねえんだよ」

ぶつくさ言いながらも先に高円寺が入り口近くの椅子に座り、隣に中津も腰掛ける。と、月本は、ちょうどコーナーとなっていた高円寺の斜め向かいに座ると、一人佇《たたず》んでいた遠宮をちらと見やった。

「私はここで結構です」

遠宮が、つんと澄ましてそう言い、そっぽを向く。月本はそんな彼を見て苦笑したあと、高円寺と中津へと視線を向け口を開いた。

「上条君は間もなく送検されることになるだろう。だが心配は無用だ。すべて想定内の出来事だからな」

「送検だと？」

「想定内？」

高円寺と中津、二人がぎょっとしたように声を張り上げる中、月本が涼しい顔のまま「ああ」と頷いてみせる。

「どういうことです？　まさか彼の逮捕も想定内だったということですか？」

わけがわからない、と眉を顰め問いかけた中津の横では、高円寺が返答次第ではただではおかない、というように月本を鬼のような顔で睨んでいた。

「君たちは本当に仲が良いねえ」

そんな二人を見て月本がまた苦笑する。からかってやがるのか、と高円寺がいきり立ちそうになるのを中津が抑え、改めて月本に対し敢えて作った冷静な声をかけた。

「軽口はそのくらいにして、いい加減に本題に入ってはもらえませんか？　月本さんも決して暇というわけではないでしょう」

「あはは、相変わらず中津さんは手厳しい」

月本が声を上げて笑い、中津に向かって身を乗り出す。

「ストイックな美人は非常にそそられる。踏みつけられたいとでもいうのかな」

「ですから」

ふざけるな、と言いたい気持ちをぐっと堪え、中津が先を促す。

「そろそろ本気で切れられそうだね」

月本はそんな彼に——そして中津の隣で自分を取り殺しそうな勢いで睨んでいた高円寺に向かい、わざとらしい仕草で肩を竦めてみせたあとに、心持ち声を潜め話を始めた。

「上条君の逮捕に関しては勿論『想定内』などではないよ。上条君を送検してもらいたい、と私は頼みにきただけだ。殺人事件については、予期せぬハプニングだったとしかいいようがない。上条君ほどの有能な男もまた、敵の罠にかかるのだと驚きを禁じ得なかったが」

「申し訳ありませんが、仰る意味がよくわかりません。上条は特捜検事として捜査中に捜査対象の罠にはまり、殺人犯の汚名を着せられそうになっているということですか？」

月本の話を中津が遮《さえぎ》り、確認を取る。

「まさにそのとおり。ちゃんと意味がわかってるじゃないか」

月本は感心したように目を見開いたが、その表情は酷くわざとらしいものに中津の目には映っていた。

「上条を罠にはめたのは誰です？　彼は一体どのような捜査にかかわっていたと言うんですか？」

だが挑発に乗っては思うツボだろう、と中津は思い、敢えて淡々と月本に問いかけたのだが、返ってきた答えにはつい激昂《げっこう》し、怒声を張り上げてしまった。

「捜査の内容については、申し上げることはできない。わかっているとは思うが」

「上条が無実の罪で送検されようとしているというのに、捜査上の秘密とはなんですか！　まさかあなたは、捜査上の秘密を守るためには、上条がたとえ起訴されても致し方ないと思っているわけじゃないですよね？」

「まさか。そんなことは考えてないよ。上条君の送検を依頼したのは、彼の身の安全を確保するためさ」

「身の安全？」

相変わらず、人を食ったような口調で応対する月本に、内心の苛立ちを抑えつつ中津が問いを返す。

「ああ。上条君は優秀すぎるゆえに、ある意味『刺さり』すぎた。彼が殺人犯の汚名を着せられそうになっているのはそのためだ。彼の無実を証明するのは容易《たやす》いが、秘密を知りすぎているため釈放されたあとには命を狙われるやもしれない。我々が案じているのはその点なんだ。

だから上条君の送検と、その後の拘留を求めにきたのさ。拘留されている限り、彼の身は安全だからね」

「詭弁《きべん》じゃねえだろうな」

高円寺が疑わしい視線を月本へと向ける。

「勿論、詭弁などではないよ。それを証拠に我々は上条君のパートナーである神津さんの身柄も確保している。上条君の個人情報が万一敵方に知られていた場合、彼のパートナーである神津さんの身にも危険が及ぶと案じたものだからね」

「なんですって⁉　それじゃあ、神津さんは……」

「特捜が身柄を確保していると？」

またも中津と高円寺が驚きの声を上げたのに、月本は、そのとおり、と笑顔で頷き言葉を続けた。

「昨夜のうちに確保し、今はとある安全な場所に匿《かくま》っている。場所等については機密上、明かすことはできないが」

「そうか……」

行方知れずになっていたわけではなかったのか、と安堵の息を吐いた中津の横で、高円寺が疑わしい目を月本へと向ける。

「お前《めえ》が一番、危険なんじゃねえのか」

「あはは、確かに傷心の人妻は魅力的ではあるが、今現在捜査も大詰めで、他に気を散らしている余裕はないものでね」

月本はまたも人を食ったような笑いを浮かべたあと、むっとした顔になった中津と高円寺を見やり、

「ともあれ」

と、一段と大きな声を出した。

「神津さんの身の安全については、安心してくれていい、と一応伝えておこうと思ってね。それから上条君の無実については、彼の拘留期間が切れるまでには我々の捜査を終了させるつもりだから、これに関しても案じる必要はない。万が一にも上条君が殺人罪で起訴されることはないし、神津さんの身の安全も我々が保証しよう。私が言いたかったのはそれだけだ」

にこにこ笑いながら月本はそう言うと、優雅な動作で立ち上がり、引いたパイプ椅子をもとの位置に戻した。

「それじゃ、失敬」

「ちょっと待てや」

そのまま会議室を出ていこうとする月本を、椅子を蹴って立ち上がった高円寺が呼び止める。

「ん？　ああ、お別れのキスを忘れたな」

月本がくるりと振り返り、高円寺へと向かっていこうとする、その前に中津が立ち塞がった。

「忘れたのはキスではなく、神津さんの居場所です。機密事項とはいえ、我々には場所くらいは教えてくれてもいいでしょう」

「相変わらず中津君はつれないねえ」

月本が苦笑しつつも中津に対し、それこそキスせんばかりに顔を寄せる。

「いつまでもふざけてんじゃねえぞ」

と、今度は高円寺が中津の前に出、月本を睨んだ。

「そうだな。上条君が起訴されるより前に、いろいろとカタをつけねばならないとなると、いつまでもここで油を売ってるわけにはいかないな」

それでは、と踵《きびす》を返す月本に、

「だからっ」

と高円寺が追い縋る。

「まさとっさんの居場所はどこだ？」

「さっきも言ったが、それは教えられない」

「なんだと？」

肩越しに高円寺を振り返った月本が告げた言葉に、高円寺がまたも憤った声を上げる。

「神津さんの身の安全のために、情報漏洩は避けたいんだ。彼は我々が責任を持って保護する。わかってくれ」

つかみかかろうとする高円寺をさっとかわすと月本はそれだけ告げ、ドアノブへと手をかけた。

「てめえの保護が一番危ねえって言ってるんだよっ」

高円寺の罵声《ばせい》を聞き流し、月本は会議室を出ていってしまった。

「まったく」

忌々《いまいま》しげに舌打ちした高円寺の肩を、落ち着け、というように中津が叩く。

「ともあれ、神津さんの無事がわかってよかったじゃないか」

「いいこと探しかよ」

未だ気持ちが収まらないのか、高円寺は悪態をついたものの、気持ちの切り替えが早い彼だけに、

「しかし、まあ、そうだな」

と中津に向かい頷いてみせたあとに、遠宮へと視線を移した。

「で？　上条を送検するのか？」

「四十八時間は拘留する。犯人が別にいるとわかっているのに、みすみす送検などできるものか」

むっとしていることを隠そうともせず、遠宮がそう吐き捨てる。

「さすがタローだぜ」

そうこなきゃ、と高円寺が遠宮ににっと笑いかけた。

「当然だ」

照れているのか、遠宮がつんとそっぽを向く。と、ここでその様子を微笑ましげに見ていた中津が、二人に対し口を開いた。

「上条が担当していた捜査は、一体なんに関するものだったんだろう?」

「ああ、それがわかれば、奴を罠にはめたのが誰かもわかるんだが……」

高円寺が唸る傍から、遠宮が首を横に振る。

「それこそ特捜は決して明かさないでしょう。加えて、特捜が水面下で動いている捜査を我々が特定できる可能性はゼロに近い」

「まあそうだな」

己の問いを真っ向から、考えるだけ無駄、と否定されたことに対し、気を悪くする素振りも見せずに中津は遠宮に頷いてみせると、

「そうなるともう、地道に事件当夜の現場近辺を虱《しらみ》潰しに当たっていくしか、事件解決の糸口は見つからなそうだな」

と、厳しい顔になった。

「あとはホテルのバックについてるヤッちゃんの親団体か」

「殺されたゲイボーイの身元調査からも何かわかるかもしれない」

高円寺と遠宮が立て続けに意見を述べ、三人、顔を見合わせ頷き合う。と、そのとき高円寺の携帯が着信に震え、彼は内ポケットから携帯を取り出した。

「お、りゅーもんだ」

高円寺が意外そうな声を出し、中津を見る。中津宛ではなく自分宛であったことを驚いている高円寺に、中津は、かまわない、というように微笑んでみせた。

「りゅーもん、なんでえ？」

高円寺が応対に出るその横で、遠宮があからさまにむっとした顔を中津へと向ける。

「なに？」

何か言いたいことがあるのか、と問いかけた中津に遠宮は、むっとした表情のまま言葉を続けた。

「藤原さんは高円寺を慕いすぎだとは思いませんか？」

「ええ?」

まさかそんなことを言われるとは思わず、中津が珍しくも素《す》っ頓狂《とんきょう》な声を上げた、その声と、

「なんだと?」

という高円寺の声が重なった。ただならぬ雰囲気に、中津も遠宮もはっとし、彼へと視線を移す。

「わかった。すぐ署に来てくれ」

驚愕《きょうがく》する二人を余所に高円寺がそう言って電話を切る。

「龍門、なんだって?」

中津が早速問いかけ、遠宮もまた身を乗り出して高円寺の答えを待つ。続く高円寺の言葉は二人の期待にそぐわぬ――否、それ以上のものだった。

「ガイシャの――あの、化粧したゲイボーイの身元がわかったそうだ。茨城、どんぴしゃだったんだとよ」

さすが龍門、と笑う高円寺に、中津と遠宮、それぞれが、

「そうか」

「さすがだな」

と相槌を打ち、微笑み合う。

「意外なバックグラウンドもわかったと言ってた。至急署に来るよう、言っといたぜ」

「それはマズい」

意気揚々と告げる高円寺に、遠宮が眉を顰めた。

「マズい？　何が？」

高円寺が不思議そうに問いかけるその声にかぶせ、中津が納得したようにこう告げる。

「ルポライターに情報収集をさせているという評判が立ってはマズいということだろう」

「別にそんなん、気にしなくてもいいと俺は思うがな」

高円寺がむっとした顔になったのは、それが事実であるのだから、なんの問題がある、と言いたかったためだが、彼より世間というものがどういうものか、冷静な目で見ることができる中津が取りなし役を買って出た。

「まあ、いいじゃないか。署の外のほうが人目を気にせず話ができる。ワンパターンだがミトモさんの店にでも行くか？」

「そうだな。ミトモも呼んで情報収集の進捗《しんちょく》でも聞くか」

中津の言葉に高円寺もその気になったようで、笑顔で頷く。と、今度は遠宮が今まで以上に不機嫌な表情となったが、憤りを胸に納めたようで、刺々《とげとげ》しい言葉を口にすることはなかった。

「それじゃ、行こうか」

大丈夫かな、と思いつつ、中津が二人に声をかけ、会議室の外に出る。

「あれ」

廊下に足を踏み出そうとしたそのとき、中津の目に、ドアのすぐ前に落ちていたマッチが飛び込んできた。

「どうした？」

足を止めた中津の顔を、高円寺が背後から覗き込もうとする。

「マッチが落ちてる。店の名前が書いてあるようだが……」

中津が身を屈《かが》めてマッチを拾い上げ、店名を口にする。

「『アフロディーテ』……美の女神だったか？」

店名しか書いていないマッチを拾い上げ、訝《いぶか》しげな声を上げた中津の背後で、遠宮のはっとした声が響いた。

「月本課長の遺留品ではないでしょうか。立場上、表立っては協力できないものの、我々にヒントを与えてくれたのでは？」

「『最強のゲイ』も憎いことすんじゃねえか」

高円寺が、がはは、と笑い、遠宮を振り返る。

「やはりミトモさんには早朝で悪いけれど、来てもらったほうがよさそうだね」

「おうよ」

中津の言葉に高円寺が頷き、携帯を取り出しかけ始める。

「おう、ミトモか？　なに？　寝てた？　それどころじゃねえんだよ。すぐ店、開けてくれ。作戦会議だ」

気が急《せ》いていることがありありとわかる口調で、高円寺がミトモに連絡を取っている。その様子を見るとはなしに眺めていた中津は、

「あの」

と、遠宮に声をかけられ、我に返って彼を見た。

「なに？」

「ミトモさんに連絡を取る役目をなぜ高円寺は自ら引き受けているのでしょう。中津さんがかけてもよかったはずですよね。どうして何を言うより前から、高円寺がかけることが決まってるのです？」

「…………」

遠宮が真剣極まりない顔で発した問いかけに、中津は思わず絶句したあと、内心、やれやれ、と肩を竦めつつ答えを返した。

「別に決まってはいないさ。高円寺は情報屋としてミトモさんと連絡を取り合うことが多いから、今回も彼がかけただけだよ」

「そうですか……」

それでもまだ不満そうな顔をしている遠宮を前に、嫉妬深さは愛情の証とはいえ、なかなか凄いな、と中津が感心していることなど知らない高円寺が電話を終え、二人を振り返る。

「話はついた。行こうぜ」

「ああ」

「僕はあとから向かう。不在にすると皆に伝えないとまずいので」

中津が即答し、遠宮が厳しい表情でそう答える。

「管理職は大変だねえ」

「管理職でなくとも、所在は常に明らかにしておくべきだ」

茶化す高円寺を、遠宮が厳しい目で睨む。

「まあまあ」

そんな二人を取りなしながら中津は、遠宮のようなタイプを世間では『ツンデレ』というのだろうなと思うと同時に、あとから高円寺に彼の『嫉妬』を教えてやろうと密かに微笑んだのだった。

5

「ホントにもう、勘弁してほしいわよ」

高円寺《こうえんじ》と中津《なかつ》がミトモの店に到着した途端、珍しくかけていたサングラスの下からも、仏頂面をしていることがありありとわかるミトモが、二人に恨みがましい視線を向けてきた。カウンター越し、彼の前には、中津が待ち合わせ場所を署からこの店へと変更したと携帯に連絡を入れた藤原《ふじわら》が先に到着しており、複雑な表情で座っている。

「龍門《りゅうもん》、早かったな」

中津が声をかけると藤原は「ああ」と頷《うなず》き、ちらとミトモを見やりつつ意味不明の言葉を告げた。

「ちょっと早すぎたようで」

「ほんとに冗談じゃないわよ」

彼の前でミトモは不機嫌丸出しの声を出したかと思うと、奥へと引っ込んでしまった。

「どうした？」

中津が藤原の隣に腰掛け、目で奥を示しながら問いかける。

「……見てしまった……」

ぼそりと告げた藤原の、逆サイドの隣に腰掛けた高円寺が、「あ」と何か思いついた声を上げる中、中津が藤原に問いを重ねる。

「見たって何を？」

「アレだろ。ミトモの素顔だろ？」

身を乗り出し、藤原の顔を覗《のぞ》き込んだ高円寺の言葉に、藤原が、こくんと首を縦に振る。

「素顔？」

中津が問い返した途端、店の奥からミトモの怒声が響き渡った。

「あんたたち、ここにはアタシの素顔の話をしにきたわけじゃないんでしょっ！　早く本題に入りなさいよ」

「素顔……ねえ」

藤原を茫然自失《ぼうぜんじしつ》とさせるほどにミトモの素顔はインパクトがあるのか、とある意味感心していた中津の隣で、高円寺が、がはは、と豪快な笑い声を上げる。

「珍しいモン見られてよかったじゃねえか。東に向かって笑っとけ」

「それは初物を食べたときだろ」

呆《あき》れた声を上げたのは中津ばかりで、甚大な衝撃を受けたらしい藤原は「はは」と力なく笑っていた。

「ヒサモ、いい加減にしなさいよ？　寝入り端《ばな》を起こされて、アタシはただでさえ機嫌が悪いのよ」

と、ようやく奥から、サングラスを外したミトモが現れたが、その顔にはいつものように完璧なまでのフルメイクがなされていた。

「怒るなや。綺麗《きれい》な顔が台無しだぜ」

にやにや笑いながら高円寺が、揶揄《やゆ》していることを隠そうともしない口調でそう言うのに、ミトモはじろりと彼を睨《にら》むと、その前にタンッと音を立てて空のグラスを置いた。

「ご注文は？　今日は水だろうがウーロン茶だろうが金とるわよ」

しかも特別料金を、と付け足したミトモの前で高円寺がうへえ、と情けない声を上げる。

「つれないこと言うなや。ジョークじゃねえか」

「ご注文は？」

慌てて機嫌を取ろうとする高円寺にミトモが冷たくオーダーを取る。

「僕はウーロン茶。龍門もウーロン茶でいいよな？」

横から中津がフォローよろしくオーダーし、高円寺に向かって「お前は？」と尋ねた。

「俺はビール」

「タローちゃんに怒られるぞ」

勤務時間中の飲酒になる、と中津は一応止めたのだが「いいってことよ」と高円寺は取り合わなかった。

「アタシもビール、いただいていいかしら」

ようやく機嫌が上向いてきたのか、ミトモが媚《こ》びるような目を三人に向ける。

「えー」

だが高円寺がクレームをつけようとすると、ミトモの声は再び不機嫌になった。

「なによ、ケチケチすんじゃないわよ」

「勿論《もちろん》どうぞ。二本でも三本でも。な？　高円寺」

慌てて中津が取りなしの言葉を口にし、高円寺をじろりと睨む。

「そうこなくっちゃ」

中津の気前の良い発言がミトモの機嫌を再び上向けたようで、嬉々としてカウンター下の冷蔵庫からスーパードライの小瓶を取り出すと、勢いよく栓を抜いた。

「どうぞ」

高円寺の前に置いたグラスにビールを注いだあと、残りを自分の小さめのグラスに注ぐ。それからミトモは中津と藤原の前にウーロン茶を入れたグラスを置くと、高らかに乾杯を宣言した。

「それじゃ、かんぱーい！」

「起き抜けにしちゃあ、テンション高いじゃねえか」

ぼそりと高円寺が呟《つぶや》くのを聞き逃さず、グラスを一気に空けたミトモが彼をじろりと睨む。

「ほんの数時間前まで飲んでたんですもの。テンションだって上がるわよ」

「まあまあ。それより、タローちゃんが来る前に、今までわかり得た状況を龍門とミトモさんに知らせるよ。龍門とミトモさんからの報告はタローちゃんが来てから聞く。それでいいかな？」

「勿論」

「わかったわ」

中津がその場を取り仕切り、彼らの『捜査会議』を始めようとしたのに、藤原もミトモも、そして高円寺も異存はないとばかりに大きく頷いた。

中津が藤原とミトモに、月本《つきもと》が署を訪れたことと、彼から聞いた話の詳細を伝えた。

「神津《こうづ》さんまで保護するとなると、上条さんを罠《わな》にはめた連中というのは相当物騒だということになるんだろうな」

話を聞き終え、藤原がうーん、と考える素振りをする。

「今、特捜が追っている件か……」

「何か心当たりはあるか？」

中津の問いに藤原が答えようとしたのと同時に、ミトモが声をかけてきた。

「中津ちゃん、月本課長が落としていったっていうマッチ、ある？」

「これです」

中津がポケットから取り出したマッチをミトモに渡す。

「ちょっと待ってて」

ミトモは『心当たり』があったようで、一言言い置くとマッチを手に奥へと引っ込んでいった。

「心当たりとしては、杉本《すぎもと》代議士の献金問題かな」

と、今度は藤原が彼の『心当たり』を口にした。

「杉本代議士？　最近秘書が逮捕されたという？」

「しかもその秘書は取調中に自殺したんだったか」

中津と高円寺、二人がそう答えたところで、カランカランとカウベルが鳴り、遠宮《とおみや》が店内に入ってきた。

「お、タロー！」

高円寺が声をかけ、藤原が会釈をし、その横で中津が微笑《ほほえ》みかける。

「何を考えている！」

遠宮の目に入ったのは高円寺の手にあるビールグラスのみだったようで、二人の挨拶には応えることなく厳しい声を上げながら真っ直ぐに恋人でありまた部下でもある男のもとへと進んでいった。

「いいじゃねえか。ドイツ人は朝からビール飲んでるそうだぜ」

「お前はドイツ人じゃないだろう！」

「まあまあ」

またも二人を取りなしたのは中津で、「ともかく座ったら？」と遠宮に高円寺の隣のスツールを目で示す。

「今、ミトモさんが『アフロディーテ』について心当たりを調べてくれている。これから龍門の調べてきたガイシャの身元についての報告を聞こうとしているところだ」

「わかりました。時間が惜しい。進めてください」

遠宮はぶすっとしたままそう告げ、敢《あ》えて高円寺の横を避けると、中津のところまで引き返してきて彼の隣のスツールに腰を下ろした。

「それじゃ、龍門」

中津が藤原に話すよう促す。

「ああ」

藤原は中津に頷き返すと、上着の内ポケットから手帳を取り出し、話し始めた。

「被害者の名前は坂井陽介《さかいようすけ》で間違いないと思う。情報提供者は友田聡《ともださとし》。以前坂井と同じ店でバイトをしていたそうだ」

「バイト先は？　ゲイバーか？」

高円寺の問いに藤原が「いえ」と首を横に振る。

「都内のファミレスだそうです。友田は親が倒れたために先月急遽茨城《きゅうきょいばらき》に帰省し、今は地元で就職しているそうですが、好きなバンドが共通していたとかで、帰省後もずっと坂井とは連絡を取り合っていたんだそうです」

「ファミレスか」

「意外だな」

呟いた中津に、高円寺もまた頷く。と、それまで無言で藤原の話を聞いていた遠宮が、相変わらず眉間《みけん》に縦皺《たてじわ》を刻んだまま口を開いた。

「しかしなぜその友田はまだ報道されてもいない殺人事件の被害者が坂井だと思ったんでしょ

う？　何か本人から連絡があったとか？」

「そのとおり。坂井から、相当ヤバいことに足を突っ込んでしまっている、万が一のことがあったら、警察に連絡してほしいという電話があったそうだ。どういうことだ、と友田は詳細を聞き出そうとして相当粘ったんだが、坂井は歌舞伎町《かぶきちょう》のラブホテル『ローズガーデン』に行かされる、と場所だけは明かしたものの、それ以外は何を聞いても喋《しゃべ》らなかったそうだ」

藤原は遠宮に答えたあと、高円寺と中津の顔を順番に見やり、再び口を開いた。

「あまりにも切羽詰《せっぱつ》まった電話だったから友田も心配になり、何度も連絡を入れたんだが、携帯は繋《つな》がらなかった。警察に行くことも考えたが、彼、中学時代に随分やんちゃしていたそうで、地元の警察に自分が訴え出たところで話をきいてもらえないだろうと判断した。それで、何か新宿《しんじゅく》のラブホテル『ローズガーデン』で事件が起きていないかと俺にコンタクトを取ってきたそうです。俺の記事をよく週刊誌で目にしてたから、と言われました」

「ファンか？　さすがりゅーもん、男にもてるわ」

「茶化さないでくださいよ」

からかう高円寺の横で藤原が照れた顔になる。

「写真はあるか？　間違いはないと思うが、ガイシャイコール坂井だという確証が欲しい」

横から中津が話を戻したが、彼の顔は心なしか不機嫌そうではあった。

「ああ、これだ」

藤原が手帳に挟んだ写真を皆に示す。そこにはファミレスの制服を着た少年二人がにこやかに笑って写っていた。

「向かって右が坂井だ」

「間違えねえ。遺体は坂井だ」

高円寺が頷き、そうだよな、というように遠宮を見る。

「ああ。そのようだな」

遠宮も被害者が坂井であることを認めたのを確認したあと、中津が藤原に改めて問いを発した。

「で？　ガイシャの今の職業はなんだと言っていた？　ファミレスのバイトは続けているのか？」

「それがよくわからないらしいんだ。ファミレスは友田が辞めた直後に辞め、他のバイトをしているとは言ってたが、内容については聞いても詳しいことを言いたがらなかった。急に金回りがよくなったので、友田は水商売かなと思っていたんだそうだ」

「女装については？　以前より女装癖はあったのか？」

中津の問いに藤原は「いや」と首を横に振った。

「聞いたら驚いていた。が、彼らが好きなバンドはビジュアル系だったそうで、そういった化粧をするんだったらまだわかるが、とは言っていた」

「ビジュアル系……の化粧じゃなかったよなあ？」

高円寺が現場写真を見ている遠宮に話を振る。

「ああ。あれは女装だ」

「同性愛的志向はどうだ？」

頷く遠宮の横で、中津がまた藤原に問いかける。

「ゲイではないと思う、と友田は言ってたよ。顔がそこそこ綺麗だったので男から声をかけられることも多かったらしいんだが、友田の見ている前ではすべて断っていたと言ってた。ふざけて『金に困ったら考えるかも』と笑ってたらしいが、当時は彼女もいたそうだ。今、いるかどうかはわからないと言っていた」

「最近、友田は坂井に会ったことはあるのかな？」

「いや、茨城に戻ってからはメールと電話のみだったそうだ。暫《しばら》くはそれも途絶えていたが、ここ最近になって頻繁に連絡が来るようになったとのことだった。何か不安か悩みを抱えているんじゃないかと、友田は思ったそうだ」

具体的なことは坂井は何も言ってなかったらしいが、と、藤原が中津の問いに答えたそのと

き、店の奥から、

「わかったわよ！　『アフロディーテ』！」

とテンションの高い声を上げ、ミトモが姿を現した。

「なんだと？」

「どういう店です？」

高円寺と中津が声を揃《そろ》え問いかける。ミトモはもったいぶったのか、一瞬口を閉ざして一同を見渡したあと、再び口を開いた。

「会員制の女装クラブよ。表立って営業はしてないわ。地下も地下、極秘のクラブ。顧客には誰でも知ってる企業のトップや政治家なんかもいるそうよ」

「女装クラブ？」

「ってのは何か？　女装の趣味がある輩《やから》が集まってんのか？」

馴染《なじ》みのない単語に、また中津と高円寺が問いを発する。

「そのとおりよ。性的志向についてはゲイであるとは限らないわ。ただ、女性のように化粧をし、それを会員同士で楽しみ合うというクラブ……とはいえ、更に闇《やみ》に隠れた部分はあるみたい」

「闇？」

問い返した藤原にミトモは「ええ」と笑うと、心持ち声を潜め、『闇』について語り始めた。

「バックに暴力団がついてるの。で、会員たちの女装写真をネタに脅迫してるみたい」

「しかし、相手は政治家や企業のトップだろ？　その暴力団を逆に潰《つぶ》すくらいのことはできるんじゃねえのか？」

納得できない、といった口調で高円寺が問いかけ、スツールに座る皆が、そのとおり、と深く頷く。

「相手が暴力団だけならね」

ミトモはここで言葉を切り、意味深な笑みを浮かべた。

「暴力団の背後に黒幕がいる？」

藤原がはっとした顔になり、ミトモにそう問いかける。

「そう。かなりの大物がいるらしいわ。それで皆、泣き寝入りするしかないそうよ」

「大物……政治家か？」

首を捻《ひね》った高円寺の横で、藤原が「あ」と声を上げる。

「もしや、それが杉本議員じゃ？」

「確かに彼なら、大抵の人間は口を閉ざすしかなくなるだろうが……」

中津が彼の横で、うーん、と唸《うな》る。

「ごめんなさい、バックについている組すら、まだ特定できないの」

ミトモは、残念そうな顔になったが、

「でも」

とやや明るめな声を上げ、皆の注目を集めた。

「なんでえ？」

「会員に渡りをつけることくらいはできるわ。純然たる女装マニア。脅されるほどの社会的地位もお金も持ってないから、店の裏情報を聞き出すことはまずできないと思うけど、店に連れていってもらうことくらいならできそうよ。『アフロディーテ』は会員の紹介がなければ来店できないの」

「情報がなきゃ、店に行って調べればいい。お願いします、ミトモさん」

まず最初にやる気に溢《あふ》れる声を上げたのは中津だった。

「僕も行きましょう」

続いて遠宮も手を挙げる。

「確かに、女装っていったらこの二人だろうけど……」

が、ミトモは二人に対し、了解の返事を渋った。

「相当危険だと思うのよね。実際、人が一人死んでもいるし」

「危険は承知だよ」

心配そうに眉を顰《ひそ》めるミトモに、中津が笑顔で頷いてみせ、遠宮もまた決意に満ちた眼差《まなざ》しのまま頷く。

「綺麗すぎて目立つと思うのよね。万が一にも敵の手に落ちるようなことがあれば、刑事課長と弁護士じゃあ、脅迫の格好の的になるし、第一、つかまったら何されるかわからないわよ？」

危ないわ、と言うミトモの心配を、中津も遠宮も「大丈夫だ」と取り合おうとしない。だが彼らのパートナーたちの反応は違った。

「いや、危ないと思う」

「そうだぜ。何かあったらどうするんだ」

高円寺と藤原は声を揃え、二人を止めようとする。

「大丈夫だと言っているだろう」

遠宮が苛《いら》ついた声を上げたそのとき、

「そうだわ！」

という高いミトモの声が店内に響き渡った。

「ヒサモとりゅーもんちゃんが行けばいいじゃないの！　中津ちゃんとタローちゃんは頭脳労働派だけど、あんたらはどう見たって肉体労働派だし、ちょっとやそっとの危険なら自力で回避できるでしょ」

「え？」

「俺らが？」

藤原と高円寺、二人してぎょっとした声を上げ、互いに顔を見合わせる。

「女装クラブに行くってことは……」

「俺らが女装する……？」

「当たり前じゃないの」

まさか、と言いたげに問うてきた二人に、ミトモが当然、と頷いてみせる。

「いやー、ちょっと無理あんだろ」

「ちょっとどころじゃないですよ」

高円寺と藤原、二人は最初そう渋ったが、

「だから僕が行くと言ってるんだ」

と口を挟んできた中津に対しては、二人同時に、

「それは駄目だ！」

ときっぱり言い切っていた。

「しゃーない。行くか、りゅーもん」

高円寺が思い切りをつけた声を出し、隣の龍門を見る。

「行きましょう」

藤原も大きく頷いたあと「でも」と異議を唱えようとした中津を振り返った。

「忠利《ただとし》さんを危険な目に遭わせるくらいなら、女装だろうがなんだろうが、俺はやるよ」

「おう、タロー、俺も同じ思いだぜ」

高円寺が身を乗り出し、遠宮に笑いかける。

「しかし……」

「中津さんはともかく、僕は警察官だ。自分の身くらいは自分で守れる」

中津も、そして遠宮も、思いはそれこそ藤原と一緒であり、危険が待ち受けている場所に恋人を送り込むことを躊躇《ちゅうちょ》していた。が、そんな二人に向かいミトモは、

「いいじゃないの。ここは二人に任せましょうよ」

と一段と明るい声を上げると、不意に意地の悪い顔になり、高円寺を、そして藤原を見やった。

「なんでえ？」

「どれだけ化けるか、楽しみだわー」

写メ、送ってね、とけらけらと笑うミトモを「うるせえ」と高円寺が怒鳴りつける。その横

では、心配そうに眉を寄せる中津に藤原が「大丈夫だよ」と笑っており、中津の逆隣では遠宮もまた、そっぽを向きつつも心配そうな顔をしていた。

「……大丈夫だろうか……」

「それじゃ、これからすぐに連絡取るわ。今晩連れていってもらるよう、頼んでみる」

「おう、頼むぜ」

「俺は夜までの間に、もうひと調べしてきます。今度は『ローズガーデン』の周辺を」

「我々は被害者を調べる。身元がわかったからには、彼の周辺を徹底的に洗う」

藤原が、そして遠宮がそれぞれにそう言い、スツールを下りる。

「そうだな」

高円寺もまたスツールを下りたが、遠宮はそんな彼に厳しく言い捨てた。

「お前は捜査からは全面的に外れろと命じたはずだ」

「固いこと言うなや、タロー」

高円寺が言い縋《すが》るのに遠宮は「駄目なものは駄目だ」と言い捨て、一人店を出ていってしまった。

「待てや、タロー」

高円寺が慌てた様子で彼のあとを追う。

「相変わらずねえ」

「まさにツンデレ」

やれやれ、とミトモと中津が肩を竦《すく》め合う。

「それじゃ、また夜に」

藤原がそんな中津に右手を上げる。

「ああ、僕は杉本代議士について情報を集めることにしよう」

中津が応え、ミトモを振り返って「朝早くから悪かったね」と詫《わ》びた。

「いいのよ」

中津には笑顔を返したミトモだが、店を出しなに藤原が振り返り告げた一言には鬼の形相になった。

「素顔見ちゃってすみません」

「忘れてたっていうのにーっ！　ってか、なんで謝んのよっ」

きい、と怒るミトモの声を背に、藤原が、続いて中津が店を出る。

「送ろうか？」

「いや、いい」

事務所まで送るという藤原の申し出を、互いの調査に一刻も早く向かおうと中津は断ると、「それじゃ」と微笑みちょうどやってきた空車のタクシーに手を挙げた。

「ああ」

藤原も中津に微笑みかけると、車を停めた場所目指して駆け出していく。

上条《かみじょう》の無実は東京地検特捜部《とうきょうちけんとくそうぶ》が保証はしてくれていた。が、皆が皆、自分たちの手で上条の無実を証明したいと願い、己にできる限りのことをやろうと心に決めていた。

上条逮捕は前日の午前九時であるため、送検は明日の午前九時までに行わなければならない。それまでの間になんとか事件の糸口を摑《つか》もうと、高円寺も遠宮も、そして中津も藤原も、夜までの時間必死に動き回ったが、手がかりの一つも摑めぬまま いたずらに時だけが過ぎていった。


上条の友人たちが力を尽くしている頃、神津は東京地検特捜部の月本の部下たちに連れてこられた海辺の別荘と思《おぼ》しき場所で保護されていた。

前夜、いきなり数名の男たちに取り囲まれたときには身の危険を感じた神津だったが、検察バッジを見せられ、彼らが上条の同僚であることを知った。

その後、神津は彼らの車に乗せられ、この伊豆《いず》の別荘地へと連れてこられた。車に同乗した三人の『同僚』たちに、上条はなぜ殺人事件に巻き込まれることになったのか、とか、彼がこのまま起訴されることはないのかなど、いろいろと尋ねたのだが、返ってくる答えは常に一緒だった。

「申し訳ありませんが、捜査上の機密ゆえお教えできません」

それればかりか神津が、自分が急に姿を消せば皆が心配するだろうから、居場所を連絡したいと言うと、

「それは許可しかねます」

と断られる始末だった。

「どうしてです？」

憤り、そう問いかけた神津に対し返ってきた答えもまた同じだった。

「捜査上の機密です」

「勤め先に連絡を入れてもいけないのですか」

無断欠勤になる、と言うと、中の一人がどこかに電話を入れたあと、明日の朝、大学にのみ連絡をしてもいい、という許可がようやく出た。

「友人にも連絡を入れさせてください。捜索願いが出されるかもしれませんし」

神津はそう粘ったが、許可はとうとう出ず、もしや彼らは地検の検事などではなく、自分は罠にはまり、このあとどんでもない場所に連れていかれるのではないのかという不安に神津は押し潰されそうになっていたのだが、到着した別荘で出迎えた男の姿を見た瞬間、その不安は解消されたのだった。

「やあ」

別荘の前で神津の到着を待っていたのは、上条の上司である月本課長だった。

「長旅で疲れているだろう？　ゆっくり休んでくれ」

そう言うと月本はさも神津がバカンスで来た客かのように扱い、ここが寝室、ここがキッチン、と別荘内を案内してくれた。

「食事は通いの家政婦が用意してくれる。洗濯や掃除も彼女に任せてくれればいい。身元のしっかりした信頼できる女性だから安心していろいろ頼んでくれていいよ。料理の腕も絶品だ」

「あの」

別荘内の説明よりも、自分が求めているのは上条に関する情報だ、と神津にしては珍しく相手の話を遮《さえぎ》り、問いを発した。

「上条さんはどうして殺人事件の容疑者にされたのです？」

「捜査上の機密なものでね。申し訳ないが教えられないな」

悪いね、と、月本は、まったく『悪い』と思っていない様子で神津に対し肩を竦めてみせた。

「それなら、なぜ僕はこんなところに連れてこられたんです？　しかも、誰に連絡を入れるのも駄目だというのはなぜですか？」

車に乗せられて早々、神津は携帯電話を取り上げられていた。別荘内には電話もなければパソコンもないようである。外部への連絡を遮断したその理由はなんだ、と憤りつつも問いかけた神津は、月本の答えに絶句することとなった。

「君の身の安全を守るためだ。下手をすれば君もまた命を狙われる危険があると判断したため、こうして秘密裏に連れ出したんだ」

「なんですって？　なぜ僕が命を狙われるというんです？」

思いもよらない月本の言葉に驚愕《きょうがく》した神津が問いかける。それを月本はにっこり笑って聞き流すと、またも神津を絶句させることを言い出した。

「勿論、上条君の友人たちには——高円寺君と中津君だったか、彼らには君を保護している旨、きちんと伝えるから安心してくれていい。そうしないと心配した彼らがそれぞれの能力を最大限に発揮した結果、大騒ぎになるだろうからね」

この場所も見つけられてしまうだろう、と苦笑する月本を神津は暫《しば》し呆然《ぼうぜん》として見つめていたが、

「それじゃあ、いい夜を」

と彼が微笑み、部屋を出ていこうとしたのに、はっと我に返りその背を呼び止めた。

「待ってください！」

必死の思いが乗る声に、さすがに耳を傾ける気になったのか、月本の足が止まり肩越しに神津を振り返る。

「上条さんは……上条さんはどうなるんです？　上条さんの身の安全は確保されているんですか？」

自分が命を狙われているということは、上条もまたそうなのではないか、自分の身より上条のことが心配、という思いが神津を突き動かしていた。

普段の彼とは思えぬ語調の厳しさで問いかけた神津に対する月本のリアクションは、だが薄かった。

「君が案じる必要はないよ。上条君は拘留されている限り安全だ」

淡々とそう返すと、あとは神津が、

「待ってください」

と追い縋っても振り返ることなく、部屋を出ていってしまった。

バタン、と大きな音を立ててドアが閉まる、そのドアに駆け寄り開いた途端、いきなり男が前に立ち塞《ふさ》がったのにぎょっとし、神津は足を止めた。

「退いてください」

見れば男は神津をここまで連れてきた、上条の同僚と思しき人物だった。それを確かめるより前に、神津は彼を押しのけようとしたが、男は逆に神津を部屋の中に押し戻してしまった。

「なんです!?」

憤りから、彼を怒鳴りつけた神津に対し、丁寧に礼をしながら男が答える。

「今夜は部屋から出すなという月本課長の命令ですので」

「はい?」

問い返したときには扉が閉まっていた。

「あのっ!」

冗談ではない、これでは軟禁ではないか、と再びドアを開くと、またも同じ男が現れ神津の前に立ち塞がった。

「この部屋から出られないって、どういうことでしょう。私は保護されているのではないんですか？　これじゃまるで拉致《らち》じゃないですか」

勢い込んで言う神津に対し、男はどこまでも冷静だった。

「護衛のためです。ご勘弁願います」

そうしてまたドアを静かに閉められてはもう、三度《みたび》そのドアを開く気力はなかった。

そのうちに車のエンジン音が響き、神津は月本がこの別荘を立ち去ったのだろうと推察した。月本の許可がなければ彼の部下たちは、自分が何を言おうが聞く耳を持ってはくれないだろう。一体自分はいつまでこの、少しも馴染みのない土地にある他人の別荘にいなければならないのか。上条が自分の知る限り最大の危機に陥っている今、なんの力にもなれず、ただこうして拉致同然の扱いの下、ただただ心配に身を焼くことしかできないでいる自身が、情けなくて仕方がなかった。

あまりにも無力な自分を厭《いと》う神津の口から深い溜《た》め息《いき》が漏れる。できるのは上条の無事を祈ることだけだ、と天を仰いだ神津の胸の中には、これ以上ないほどの自己嫌悪の念が渦巻《うずま》いていた。

6

午後五時すぎに、高円寺と藤原は、ミトモの呼び出しにより、彼の店を訪れた。

「いらっしゃーい」

ミトモが面白がっていることを隠そうともしない、にやにや笑いを浮かべ、二人を迎える。

店内にはミトモ以外に、四十代半ばと思しき一人の男がいた。上品な顔立ちをしたその男は、店に入ってきた二人を見ると、スツールから下りてにっこり笑いながら会釈をして寄越した。

「紹介するわ。銀座《ぎんざ》のとあるお店でソムリエをしている仮名田中《たなか》さん。田中さん、こちら、アタシの友達で女装に興味があるっていう、ひーちゃんとりゅーちゃん」

「え」

「興味……」

なんという紹介だ、と高円寺と藤原は非難の声を上げかけたが、ミトモに、余計なことは言うなと目配せされ、慌てて口を閉ざした。

「はじめまして。仮名田中です」

田中が微笑み、右手を差し出してくる。綺麗に手入れされた指先の感じと、その仕草は女性的といえないこともないが、いわゆる『オカマ』っぽさは微塵《みじん》もなかった。

「はじめまして」

「はじめまして」

高円寺と藤原が、順番に彼の右手を握る。

「それでは、参りましょうか」

握手が終わると田中は時候の挨拶をすることもなく、すぐに店を出ようとした。

「それじゃミトモ、ありがとな」

高円寺がミトモを振り返り、右手を上げる。

「写真、楽しみにしてるわ」

バチ、とマスカラを濃く塗った長い睫《まつげ》をしばたたかせ、ウインクするミトモに、高円寺は「うるせえ」と悪態をつきかけたのだが、田中の存在を思い出し慌てて言葉を飲み込んだ。

「この時間では、まだ空いているはずです」

店を出たところで摑まえたタクシーの空車に乗り込むと、田中は行き先を六本木《ろっぽんぎ》と告げたあとに、隣に座った高円寺の耳元に口を寄せ囁《ささや》いてきた。因《ちな》みに藤原は、男三人後部シートでは狭いと、助手席に乗っている。

「そうですか」

ミトモによると田中はゲイではないという話だったが、この密着ぶりはどうしたことか、と心持ち身体を引きつつ高円寺は問い返したのだが、そんな彼の気持ちなど知らぬように田中は尚も身体を密着させ、耳元に熱く囁いてきた。

「空いているうちに来店すると、入念にメイクしてもらえるんです。ドレス選びにも時間を割いてもらえます。勿論、ご自分でメイクしたり、お洋服を持参してもいいんですけど、あなた、どうされますか？」

「いや、私は……」

田中の密着ぶりは、逸《はや》る心を同好の士と共に共有したい、といった種類のものだとわかったものの、『同好』ではないだけに高円寺はリアクションに困り、らしくもなく口ごもった。

「ああ、すみません」

途端に田中がはっとした顔になり、すっと身体を離す。

「あ、いえ……」

警戒されたか、と高円寺はフォローを試みようとしたのだが、田中は別に警戒したわけではないようだった。

「初めてですからね。緊張される気持ちはわかります。大丈夫ですよ。スタッフは皆、いい方ばかりですし、それに私がなんでもお教えしますのでね」

「ありがとうございます」

いいように勘違いしてくれたことにほっとしつつも、高円寺はやはりこの田中は、クラブの内情については何も知らないな、と判断した。知っていれば間違っても『スタッフはいい方ばかり』とは言わないだろうと思ったためである。

六本木の、大通りから外れた一軒家の前で田中はタクシーを停めた。支払いは助手席の藤原がすませ、三人は車を降り立った。

「それでは、参りましょう」

田中がうきうきした様子でそう言い、先に立って歩き始める。目の前にあるのは古めかしい雰囲気の一戸建てで、看板どころか表札すら出ていない。

田中がインターホンを押し、「連絡した田中です」と名乗ると、かちゃ、とロックが外れる音がした。

田中が門を開き、高円寺と藤原を中へと導く。インターホンは玄関先にもあり、そこでも田中は自分の名を告げ、ようやくドアが開いた。

「…………」

建物内に足を踏み入れた途端、目の前に開けた意外ともいうべき光景に高円寺も、そして藤原も絶句しその場に立ち尽くした。というのも、玄関を入ってすぐ目の前は一面壁で、エレベーターと思しき扉のみしかなかったためである。

田中は驚く素振りも見せずに、エレベーターの下向きのボタンを押した。すぐに開いた扉から乗り込む彼のあとに、高円寺と藤原が続く。

「まるで秘密基地みたいでしょう？　それだけセキュリティが保持されてるってことなんです」

どうです、と田中が二人に向かって胸を張る。セキュリティはともかく、会員情報には秘密保持はされていないんだがな、と思ったものの、高円寺も藤原も微笑み、「凄《すご》いですね」と相《あい》槌《づち》を打った。

エレベーターは地下三階に到着し、扉が開いた。

「いらっしゃいませ、田中様」

薄暗いフロアの照明の中、受付と思しきカウンターの前で、蝶ネクタイにタキシード、といった格好の若い男が、三人に向かい丁寧に頭を下げて寄越した。

「そちらのお二人は」

「はい、先ほどご連絡したとおり、私のお店の常連さんたちです。身元は私が保証します」

田中がそう言い、高円寺と藤原を振り返る。二人は神妙に黒服に向かい頭を下げた。

「わかりました。それではどうぞ」

黒服が受付の背後に下がっていた臙脂《えんじ》色の幕を捲《めく》った。幕の向こうには薄暗い廊下が続いているようである。

「行きましょう」

田中が先に立って幕を潜《くぐ》り、そのあとに高円寺と藤原が続く。廊下の照明は暗かったが、左右には部屋が並んでいるようだった。

唯一、明かりの漏れている部屋の前に田中は立つと、ノックをした。間もなくドアが開き、綺麗な顔をした青年が顔を覗かせる。

「どうぞ」

青年は一言そう言い微笑むと、大きくドアを開き、三人を室内へと導いた。

「うわ」

明るい部屋の中を見た途端、高円寺の口から驚きの声が漏れ、彼の背後では藤原がやはり驚きから息を呑《の》む。

部屋は二十畳近い広さがあり、右手の壁一面には、あたかも劇場かテレビ局の楽屋のように、鏡面の周囲に電球のついた化粧台がずらりと並んでいた。

部屋の左手には、衣装部屋よろしく、華やかな彩りの女物のドレスがかけられた移動式のハンガーがずらりと並んでいる。百着近くあるんじゃないか、とそれらを呆然と見ていた高円寺は、田中に声をかけられはっとして彼を見た。

「運良くまだ誰も来ていないようです。メイク、お願いしましょう」

「はい……」

誰も来ていないのでは、話を聞くこともできない。運は良くないのだが、と思いながらも高円寺は藤原と共に田中のあとに続き、鏡台の前に並ぶ青年たちへと近づいていった。

「僕はユウジ君でお願いするよ。二人は初めてなので、慣れてる人がいいと思う」

田中が『ユウジ』と思しき青年にそう言い、彼に人選を任せる。

「それでしたら、アキオとミッキーがいいと思います」

ユウジがそう言うと、二人の青年がにこやかに微笑みながら高円寺と藤原に近づいてきた。

「アキオです。よろしく」

「ミッキーです。初めてなの？　任せてね」

二人とも見たところ二十代半ばの、綺麗な顔をした青年だった。女性のような化粧はしていないが、眉などは綺麗に整えている。高円寺の頭にふと、もしや殺された坂井はこうしたメイク係だったのかもしれない、という考えが浮かんだ。

「…………」

藤原を見ると、彼もまた同じことを思ったらしく高円寺に対し頷いてみせる——が、二人が顔を見合わせていられたのはここまでだった。

「それじゃ、こちらへどうぞ」

「あなたはこちらへ。どんな女性になりたい？」

それぞれ、高円寺がアキオに、藤原がミッキーに腕を取られ、二人は離れた場所にある鏡の前へと連れていかれてしまったのだった。

「ハーフっぽい顔だから、ハリウッド女優風なんてどうかしら？　なりたい雰囲気とか、ある？」

アキオが鏡越しに高円寺の顔を見やり、にっこり微笑みながら問いかけてくる。

「ま、まかせるぜ」

女装願望は欠片《かけら》もない上に、自分の女装姿は想像するまでもなくエグいとしかいいようのないものになろうと高円寺は予測していたものの、ここまできたからには仕方がない、と腹を括《くく》った。

それでも『なりたい雰囲気』を指定するまでのやる気は出せず、メイク係のアキオに丸投げを決める。

「緊張しなくて大丈夫よ。まず、髭《ひげ》を剃《そ》りましょう」

アキオもまた高円寺の硬直っぷりを初めて女装をする緊張と取ってくれたらしく、リラックスさせようというのか優しく微笑みながら彼の顔に蒸しタオルを乗せた。

「あちっ」

「あ、ごめんなさい」

慌てて謝るアキオに、大丈夫だ、と手を振りながら高円寺は、彼らは口調はオカマくさい——というより、女性っぽいな、という感想を抱いた。

それからあとは、高円寺にとっては『初体験』の連続で、ただただ唖然《あぜん》としている間に時間が過ぎていった。

髭を綺麗に剃ったあとには毛穴を引き締めるためのパックが施され、化粧水でのパッティング、乳液、化粧下、と、次々と顔に異物が塗り込められていく。

約一時間後、なすがままになっていた高円寺が——それでもアキオが『眉を整えてもいいかしら?』と問うてきたときには、申し訳ないがそのままで、と断った——見やった目の前の鏡には、なんともいいようのない己の顔が映っていた。

「綺麗だわー。もともとの素材がいいから、めちゃめちゃ綺麗!」

アキオが興奮した声で絶賛してくれたが、高円寺の目には、厚化粧の上にごついオカマが情けない顔をして座っているとしか映らなかった。

「髪《かつら》は金髪のロングなんて似合うと思う」

アキオの選択に任せ、髪を装着したあとに、今度は衣装選びにと連れていかれた。

「ハリウッド女優風……っていうと、こんな感じ？」

背中のばっくり開いたドレスをアキオは勧めてきたがノースリーブのそのドレスだと、腕の毛を剃ったほうがいいと言われたために、長袖を選び直してもらった。

「背が高いから、ゴージャスな感じがいいと思う」

アキオはドレスの上に着るフォックスの毛皮のコートを持ってきて、羽織ってみて、と高円寺に渡した。

すべてを身につけ、部屋の壁面にある大きな鏡へと向かう。と、そこには既にメイクと衣装替えを終えた藤原がいた。

「……は、はは……」

「ははは……」

互いの姿を前にした二人の口からは、乾いた笑いしか出ない。

高円寺の女装のコンセプトが『ゴージャスなハリウッド美人』だとすると、藤原は『和装の美人銀座ママ』だったようで、髪を結い上げ、一目で高価とわかる着物を着用していた。

「ね？　似合うでしょう？」

アキオが藤原に高円寺を示しながら、にこやかに笑って問いかける。

「こっちも似合うわよねえ？」

と、ミッキーもまた高円寺に、『綺麗』と言うことを強要する勢いで藤原を示しながら問いかけてきた。

「き、綺麗です」

「ああ、綺麗だ」

藤原と高円寺が、それぞれ引きつった笑いを浮かべ答えたそのとき、

「あらあ、綺麗にできたわね」

背後で明るい声がしたと同時に、二人が前にしていた鏡に長身のチャイナドレスの美女？が現れた。

「た、田中さん？」

ストレートロングの鬘を被り、ノースリーブのチャイナドレスを身につけている『美女』は、よく見ると二人をここへと連れてきてくれた田中だった。

それまでとは声音も口調も変えている彼は、さすが『女装が趣味』というだけあり、実に堂に入った女装姿を二人の前に晒《さら》していた。

「二人ともほんと、綺麗よ。じゃ、これからサロンに行きましょう」

鏡の前で髪の毛——といっても鬘だが——を整えると、田中はにっこり笑って高円寺と藤原を促したが、表情も、そして仕草も、女性そのものだった。

「…………」

「…………」

ということは、自分たちにもそれが求められているということか、と一瞬にして察した高円寺と藤原は、互いに顔を見合わせ、密かに、だが深い溜め息をつく。

「どうしたの？」

「な、なんでもないわ」

「なんか、どきどきする」

こうなったらもう自棄だ、と高円寺と藤原は腹を括ると、二人して作った裏声を使い、女言葉を喋りながら田中のあとに続いていった。

サロンというのは、メイク室とはフロアが違い、地下二階にあるとのことだった。

「一つ注意があるんだけど」

入り口から降りてきたのとはまた違う、小型のエレベーターに乗り込みながら、田中が二人にそう声をかけてきた。

「なに？」

「なにかしら？」

気力ですっかり『女性』になりきった高円寺と藤原が問い返す。

「これからサロンに集まってくる会員の中には、誰でも知ってるような有名人もいるけど、わかっても指さしたり、誰々さんですよねなんて確認しちゃ駄目よ」

「はい」

「わかったわ」

エレベーターが地下二階に到着し、田中を先頭に短い廊下を進む。

「あ、もう一つ、大切なことがあったわ」

扉の前まで来た田中が、はっとした顔になり、二人を振り返った。

「な、なに？」

「なんなの？」

『大切』とはなんだ、と身構えた二人だったが、続く田中の言葉には心から脱力することとなった。

「たとえ相手がどんな容姿であっても、必ず『綺麗ね』と褒《ほ》めなきゃ駄目。綺麗、と言われたくて皆、ここに集ってるんですもの。特に、自分が褒められたときには必ず相手を褒め返すのよ」

「……わ、わかったわ……」

「そ、そうするわ……」

それでもなんとか気力を立て直し、二人は無理矢理作った笑顔で田中に頷いてみせた。

「それじゃ、行くわよ」

田中もまたにっこりと微笑み――彼の場合は無理しなくても『綺麗よ』といえる笑顔ではあった――扉を開く。

「………………」

扉の向こうには臙脂色をした垂れ幕があり、それを潜って室内に入った高円寺は、あたかも銀座の高級クラブを思わせる広々とした店内に、思わずヒューと口笛を吹きそうになり、慌てて堪《こら》えた。

豪奢《ごうしゃ》なシャンデリアといい、ゆったりしたソファといい、高級感溢れる調度品といい、大きな花瓶に生けられた見事な花といい、内装もまた、高級クラブそのものではあるのだが、違いはいくつかあった。

まず、照明がやたらと暗いこと、そしてホステスが一人もいないことである。

「そのうちにぽつぽつ、来始めると思うわ」

田中はそう言うと、一つのソファへと進んでいった。高円寺たちも彼のあとを追う。が履き慣れぬ、高円寺はハイヒール、そして藤原は草履《ぞうり》のせいで、彼らの歩き方は酷《ひど》くぎこちないものになっていた。

「悪いけど、別のテーブルに座ってくれる？　私、待ち合わせの約束してるので」

ようやく追いついた田中にそう言われ、高円寺と藤原は、そのほうが好都合、と思いつつ、

「わかったわ」

「いろいろありがとう」

と引きつる笑顔で田中に礼を言い、彼とは少し離れたソファに二人で座った。と、ボーイの格好をした若い青年が二人の前に跪《ひざまず》き、

「奥様、オーダーは？」

と問うてきた。

「俺はビール」

「こうっ……あ、いや、奥様っ」

思わず素で注文した高円寺に、慌てて藤原が注意を促す。

「あら。失礼。あたしはおビール、いただくわ」

「私はウーロン茶で」

おほほ、とわざとらしく笑い、高円寺が注文し直し、藤原がそれに続く。

「あら、奥様もお飲みなさいよ。おビール二つで。いいわね？」

「あの、私、車なので……」

「いいじゃないのよ」

二人とも、もう自棄だ、という思いで会話を続けていると、

「あのお」

と蝶ネクタイのボーイがおずおずと声をかけてきた。

「なにかしら？」

「どうしたの？　坊や」

既に悪のり状態にある藤原と高円寺が、にっこり笑ってボーイを見る。ボーイはそんな二人の迫力におののきながらも、

「あの、お客様、初来店ということですので、ウエルカムシャンパンをご用意できますが」

と言ってきた。

「やだ、早く言ってよ」

「も、申し訳ありません」

高円寺がじろりと睨むと、ボーイは飛び上がらんばかりになったあと、深く頭を下げてきた。

「それじゃあ、それにしましょう。奥様」

藤原がフォローを入れ、結局二人のオーダーはシャンパンとなった。

「それにしても、会員が誰もいないんじゃあ、来た意味がないわねえ」

ぼそぼそと小声で高円寺が藤原に喋りかける。

「ボーイから話を聞く？　メイク係から聞くって手もあるかしら」

藤原が答えたあと、二人は顔を見合わせ、一体何をやってるのか、と溜め息をつき合った。

と、そのとき、

「奥様、申し訳ありませんでした」

華やか、という言葉が似合う微笑みを浮かべたボーイが、シャンパンとシャンパングラスを乗せた盆を手にテーブルへと現れ、二人の注目をさらった。

「彼はまだ入ったばかりなもので。不慣れな接客をしてしまい、大変申し訳ありませんでした」

媚びるような笑みを浮かべたそのボーイの後ろには、先ほど高円寺に睨みつけられたボーイがシャンパンクーラーを持って立っていた。

「あら、いいのよ」

高円寺が微笑み、頷いてみせる。

「奥様、ご一緒してよろしいですか？」

「ええ、勿論」

どうやらボーイはホストのような役割を兼ねているようだ、と高円寺が藤原に目配せし、藤原もまた密かに頷く。

そんな彼らの席の前でボーイはシャンパンの栓を抜くと、それぞれのグラスに注いだあと、高円寺の隣へと腰掛けた。新人だというボーイは藤原の隣に腰を下ろす。

「それでは、乾杯しましょう。美しい奥様に」

歯の浮くような台詞《せりふ》を告げ、ボーイがグラスを掲げる。

「乾杯」

「乾杯」

それぞれに唱和し、グラスをぶつけ合ったあと、高円寺はいつもの癖で、つい一気をしてしまった。

「奥様、惚《ほ》れ惚《ぼ》れする飲みっぷりです」

ボーイが感嘆の声を上げ、高円寺のグラスにシャンパンを注ぐ。

「本当にお綺麗ですね。ハリウッド女優のようだ」

「お世辞は結構よ」

『ハリウッド女優』風にした、という情報はメイク室からでも来ているのだろうか、と思いつつ、高円寺はそう返すと、この軽薄なボーイから何か聞き出せないかと思い、逆に問いを発した。

「ここでは、あなたたちのような可愛《かわい》い坊やがテーブルごとにつくの？」

「ご希望によります。会員の皆様だけで楽しみたいお客様もいらっしゃいますので」

ボーイがそう言い、ちらと視線をやった先では、田中が他の会員と――女装のごつい大男と、楽しげに談笑していた。

あの大男は、どこかで見たことがある。ああ、お笑い芸人か、と察した高円寺の耳に、ボーイの声が響く。

「奥様はいかがされます？　僕がいては邪魔ですか？」

振り返った先には媚びていることがありありとわかるボーイの笑顔があった。

「邪魔なわけがないじゃないの」

乗ってやるか、と高円寺は内心、むかむかする思いを抱えつつ、ボーイに笑顔を向ける。

「よかった。僕も奥様とは、二人の時間を楽しみたいと思っていたんです」

ボーイが嬉しげに微笑み、高円寺にグラスのシャンパンを勧める。

「二人の時間？」

引っかかりを感じ、問いかけた高円寺の耳元に近く唇を寄せ、ボーイが囁きかけてきた。

「ええ。個室があるんです。よければそこに行きませんか？　僕、奥様の美貌《びぼう》に一目でやられてしまいました」

「お上手ねえ」

吐き気を堪えつつ答えた高円寺だったが、ボーイが膝《ひざ》に置いていた手を握ってきたのにはぎょっとし、思わずその手を払いのけてしまっていた。

「……申し訳ありません。ご気分、害されましたか？」

ボーイが上目遣いに、高円寺を見る。

気分を害するどころか、今この瞬間、吐くことだってできるぜ、と内心思いつつ、それでも高円寺は笑顔をボーイに向けた。

「驚いただけよ」

「よかった」

ボーイがほっとした顔になり再び手を伸ばして高円寺の手を握る。

「それなら、行きましょうか」

「ええ」

ボーイの囁きに高円寺が頷き、二人がソファから立ち上がる。

「こ……いえ、奥様、どちらにいらっしゃるの？」

藤原が慌てた様子で声をかけてきたのに、高円寺は「ちょっとね」と笑いながらも、ちらと目配せしてみせた。藤原もまた、わかった、というように小さく頷く。

高円寺がボーイの誘いに乗ることにしたのは、彼があまりにも手慣れた様子だったためだった。

『個室』こそ、この会員制のクラブの『闇』に通じる部分だろうとあたりをつけたために、込み上げる吐き気を堪え、ボーイに腕を引かれるまま彼に従ったのである。

ボーイは高円寺を連れ、エレベーターへと乗り込むと、地下三階のボタンを押した。明るい中で見るボーイは、高円寺が予測したより年齢は少しいっているようで、三十前に見えた。

「大丈夫？」

エレベーターを降りる際、慣れないハイヒールのせいで高円寺がよろけた、その彼の背中にがっちり腕を回し、身体を支えると、ボーイは薄暗い廊下を進み、一つの扉を開いた。

「……っ」

げ、という声が高円寺の口から漏れそうになる。というのも、その部屋はどう見ても——ベッドルームだったった。

狭い室内にはキングサイズのベッドしかない。『個室』とはこのことか、と室内を見渡していた高円寺はいきなり背を押され、ベッドに倒れ込んだ。

「奥さん……あなたはなんて美しいんだ」

ボーイが芝居がかった口調でそう言い、高円寺に覆い被さってくる。

「やめんかいっ」

怒声を張り上げ、ボーイの身体を蹴り飛ばした高円寺の目に、キラ、と光るものが映った。

「な、何するんだよう」

壁まで吹っ飛んだボーイが弱々しい声を上げる。

「それはこっちの台詞だ。あれ、隠しカメラじゃねえのか？」

言いながら高円寺はベッドの上に立ち上がると、天井の、ともっていなかったシャンデリアの陰に隠されていたレンズを勢いよく引き抜いた。

「ひっ」

悲鳴を上げたボーイを一瞥《いちべつ》したあと、ぐるりと周囲を見渡した高円寺は、壁にかかっていた絵に気づくと、ハイヒールを脱ぎ散らかしてベッドを降り、その絵へと近づいていく。

「これはマイクだよな？　一体どういうことだ？」

絵の裏に隠してあったマイクをボーイに示すと、ボーイはまた「ひい」と悲鳴を上げたあと、脱兎《だっと》のごとく部屋を駆け出していってしまった。

このままこの場に留まれば、たいそうな騒ぎとなろうと判断した高円寺は、すぐに部屋を出るとメイク室に走った。

「あ、どうされました？」

驚いた顔で彼を出迎えたアキオに、高円寺は己の服と藤原の服の在処《ありか》を尋ねた。

「こちらに……」

籠《かご》に入れてミッキーが持ってきた、その籠ごと高円寺は彼から奪い取ると、

「きゃあっ」

と悲鳴を上げる二人を残し、メイク室から走り出た。

「あ、高円寺さん」

エレベーターは停められているだろう、と非常階段に向かったところ、地下二階の階段には既に藤原がいて、声をかけてきた。

「ずらかるぜ」

「はいっ」

二人、非常階段を駆け上がり、制止しようとする男たちをなぎ倒し、建物の外へと出る。

「こっちよ！」

門のすぐ傍《そば》に停まっていた車から、二人に声をかけてきたのはなんと、彼らをこの店に送り込む手助けをしたミトモだった。

「なんで？」

驚きの声を上げる高円寺をミトモは「いいから早く！」と促し、藤原と共に車に乗せると、追っ手の来る前に発進させた。

「いやあ、助かった」

助手席に乗り込んだ高円寺が、安堵しきった声を出し、運転席のミトモに感謝の眼差しを向ける。

「それにしてもどうして来てくださったんです？」

藤原が後部シートから身を乗り出し、運転席のミトモの顔を覗き込む。

「そんなの、あんたたちの女装姿が見たかったからに決まってるじゃなーい」

ミトモがケラケラと笑いながらそう答えたのに、高円寺と藤原、それぞれが口を尖《とが》らせた。

「なんだと？」

「酷いな」

「いやだ、冗談に決まってるじゃないの」

途端にミトモが呆れた声を上げ、軽蔑の眼差しで隣の高円寺を、ちらと振り返り藤原を見る。

「あのクラブの背後にいるのが、城島組《じょうしまぐみ》だとわかったもので、それで駆けつけたのよ」

「城島組？」

初耳だ、と眉を寄せた高円寺の後ろで、「あ！」と藤原が納得した声を上げる。

「北野組《きたのぐみ》の上位団体ですね。事件現場になったラブホテルの背後にいたのも実は城島組なんじゃないですか？」

「そのとおり」

「なんだと⁉」

頷いたミトモに、高円寺が目を見開き確認を取る。

「ってこたあ、繋がったな？」

「おそらく。でも繋がったのは城島組とホテルだけで、まだ杉本代議士との線は出てきてないわ」

ハンドルを握りながらミトモが悔しそうに顔を歪《ゆが》め、言い捨てたあと、ちら、と高円寺を見やった。

「で、ソッチはどう？　潜入しただけのことはあった？」

「あった」

「はい」

高円寺と藤原の二人は即答し、互いの答えを聞いて高円寺は藤原を振り返り、藤原は身を乗り出して高円寺を見やった。

「何がわかった？」

「高円寺さんは？」

「おう、なら俺から話すが……」

高円寺はここで、あのボーイに個室に連れていかれたこと、部屋はキングサイズのベッドしかない、どう見ても『ヤリ部屋』であり、隠しカメラとマイクが仕込んであったことを話した。

「しっかし、高円寺さんを押し倒そうだなんて、チャレンジャーですねえ」

後部シートで藤原が感心した声を上げ、運転席ではミトモが笑い転げている。

「お前ら、この話で聞くべきはそこじゃねえだろ」

まったくもうよう、と高円寺がむっとした後ろで、藤原は笑いながらも「すみません」と詫びた。

「脅迫のネタにするつもりだったんでしょう。しかし初来店でターゲットにされるとは驚きですね」

「それ多分、アタシの事前リークのせいだと思う」

と、ここでミトモが笑いすぎたため滲《にじ》んでいた涙を拭《ぬぐ》いながら、口を挟んできた。

「事前リーク？」

「ええ、田中さんから、クラブに連れていくには簡単でいいので身元を教えてほしいって言われたもんだからさ、ヒサモは警視庁《けいしちょう》の警視様って嘘《うそ》を教えておいたのよ」

「なるほど、だからか」

納得した声を上げた藤原に、ミトモがミラー越しに意地の悪い眼差しを注ぐ。

「『僕のほうがどう見ても美人なのにおかしいなと思った』ってこと？」

「違いますよ」

藤原が慌てて否定するのに、

「ムキになるほうが怪しいわよ」

とからかうミトモを高円寺は「ええかげんにせえよ」と睨んで黙らせると、藤原を振り返った。

「で？　お前は何を摑んだ？」

「ああ、あの、おとなしそうなボーイから、客についての情報をいくつか」

身を乗り出す藤原に対し、高円寺がヒューと口笛を吹く。

「奥様、やるねえ」

「……高円寺さん……」

藤原は脱力感を露《あら》わにしたが、すぐに気を取り直したようで、彼の知り得た情報を話し始めた。

「あのボーイ――カイトという名でしたが、まだ入店して一週間しか経ってないそうです。借金で首が回らなくなって、取り立てにきた暴力団から店を紹介されたという話でした。ヤバい店だということがすぐにわかったので、辞めたくて仕方がないが、借金があるので店を辞められない。でもきっとそのうち、自分も逮捕されてしまう、と酷く怖がってました」

「あの短時間でよく聞き出せたな」

さすが男殺し、と高円寺がからかう。

「いや、今から思うと、おそらく彼の耳にも高円寺さんが『警視』だという話が入ってたんだと思います。高円寺さんの連れの俺も刑事だと思って、それで相談したんじゃないかと」

「いやいや、りゅーもんの男たらしっぷりは今までさんざん実証されてっからな」

「そうそう、りゅーもんちゃん、取材相手のハートを射止めるの、男女問わず得意だもんねえ」

「やめてくださいよ。そんな根も葉もないことを」

高円寺とミトモが二人してからかってくるのを、否定したあと藤原は、今はふざけている場合じゃないとばかりに話を続けた。

「心を許してる感じだったので、店の客について聞いてみたんです。俳優の誰とか、大手電機メーカーの役員など、具体的な名前を教えてくれました。もしや上条さんのことも何か知ってるのではと思い聞いてみたところ、どうも上条さんと思しき客がいたこともわかりましたがつくほど美形だけれど、恐ろしい三白眼《さんぱくがん》、というのは、上条さんのことじゃないかと……」

「確かに」

「奴以外ないわな」

ミトモと高円寺、二人して頷く、彼らに藤原も頷き返し、話を再開した。

「それとなく話題を振ってみたんです。上条さんについてたボーイについてとか、メイク係についてとか。メイク係については接触がほとんどないので、担当が誰ということはわからなかったんですが、接客につくのに決まったボーイはいなかったそうです」

「ボーイやメイク係が上条にラブホテルで殺された、というような話は出たか？」

高円寺の問いに藤原が「いいえ」と首を横に振る。

「少なくともボーイの中で、不慮の死を遂げたといった情報は彼の耳に入っていなかったようでした。メイク係については、さっきも言いましたがまったく交流がなかったために、死亡したという情報は勿論、人数が一人減った等も、カイトはまるで知りませんでした」

嘘をついている様子はなかった、と続けた藤原の話がここでいったん途切れる。

「上条についてはどうだ？　あの野郎はただでさえ目立つからな。店内でどんな様子だったか、そのカイトとかいう坊やは何か覚えてたか？」

高円寺の問いに藤原が「ええ、まあ」と肩を竦める。

「そのリアクションは？」

問いかけた高円寺に、藤原は難しい顔になり――きっちりとメイクされているだけに、真面目な表情になると陳腐ともいえたが――口を開いた。

「絶世の美女、と話題にはなったらしいんですが、それ以上のことは彼は知りませんでした。上条さんのテーブルについたこともなかったそうです」

「そんなに簡単になんでもわかるわけねえか」

高円寺が苦笑し、藤原を振り返る。

「メイク係にも話を聞きに行こうとしてたんですが」

「逃げるしかなくなった、と。悪かったな」

頭をかいた高円寺に対し、藤原が「とんでもない」と目を見開き首を横に振る。

「まあ、ひーちゃんがあの店に出入りしてたことと、やっぱり相当ヤバいことをやってるクラブだとわかっただけでも、大金星じゃないかしら」

「お前はたまには優しいこと言うね」

「フォロー、ありがとうございます」

ミトモの言葉に、高円寺と藤原、それぞれが感心した顔になる。

「失敬ね。いつもいいこと言ってるわよ」

ミトモはつんと澄ましてそう言うと、

「それより！」

と二人を順番に睨んだ。

「すぐにも動かないと、朝の九時なんてあっという間よ。急ぎましょう」

「おう、そうだな」

頷いた高円寺にミトモもまた頷く。

「中津ちゃんとタローちゃんが店で待ってるはずよ。今日二度目の作戦会議といきましょう」

「おう」

「え」

元気よく返事をしたのは高円寺のみで、藤原は困った表情になり縋るような目をミトモへと向けた。

「なに？」

バックミラー越しに彼の困り果てた表情に気づいたミトモが問いかける。

「すみません、店に行くより前に、どこかでメイク落とさせてもらえませんかね」

「おっと、忘れてたぜ」

藤原の依頼に高円寺は改めて自分が『とんでもない』――メイク係とボーイたち曰《いわ》く『ハリウッド女優系』の格好をしていることに気づいた。

「俺も頼むぜ。こんな姿、とてもタローには見せられねえ」

「どうしよっかな～。直接店に行っちゃおうかな～」

ミトモがわざと――と思われるが――意地の悪いことを言い、二人にからかいの眼差しを向けてくる。

「冗談じゃねえ」

「頼みますよ、ミトモさん」

切羽詰まった感を帯びた懇願する二人の声が、新宿二丁目を目指している車中に、やかましく響き渡った。

7

高円寺や藤原がミトモと共に彼の店に向かっているその頃、神津は一人、保護という名の下での軟禁状態にある伊豆の別荘内にいた。

前夜、眠れぬ夜を過ごしたが、日中にも睡魔はまるで訪れなかった。月本が言ったとおり、家政婦が来て食事の支度をしてくれたが、申し訳ないと思いつつも喉《のど》を通らず、殆《ほと》ど残してしまった。

別荘内には、おそらく神津の時間潰しとなるようにという配慮なのだろう、テレビもあるし、本もある。ＤＶＤプレイヤーやゲーム機もあったが、神津がそれらを用いることはなかった。

前夜から彼はただ、上条のために自分にできることはないか、それだけを考え続けていた。

だがいくら考えても導き出される結論は『ない』の二文字で、神津の胸には焦燥感《しょうそうかん》が溢れていった。

今、東京では高円寺が、中津が、それに遠宮や藤原も、上条の無実を晴らすために力を尽くしていると思われる。

なのに自分は何もできず、遠く離れたこんな場所でただ、いたずらに時が過ぎるのを待っているしかない。

上条は明日の朝には送検される。起訴されることはないと月本は言っていたが、果たして信用できるのか。

それ以前の問題として、犯してもいない罪で今、拘留されている上条を思うと、胸が張り裂けそうな思いがする、と神津は溜め息をつき、溜め息をつくことしかできないでいる自身に強い自己嫌悪の念を抱いた。

月本の部下に見張られているため、東京にいる友人たちと連絡を取ることもできない。彼らのような力はなくとも、せめて彼らの手助けをしたい、と願う気持ちが今や神津の中でピークに達していた。

東京に戻ったところで、自分ができる『手助け』など、ほぼ役に立つことはないだろうという想像は容易《たやす》くできたが、それでも何かしないではいられなかった。

まずはこの別荘を抜け出す。方法は、と考え、家政婦を人質にとるのはどうか、と思いついた。

家政婦は近所に住んでいるということだったが、車以外交通手段がないこの辺りの家は車を所有しているだろう。

年老いた女性を脅かすのは申し訳ないとは思うが、それ以外にいい案が浮かばなかった神津は、家政婦が夕食の支度をしに来るまでの間に、と、手頃な武器を探そうとした。

室内には見あたらなかったので、キッチンへ向かおうとすると、月本の部下がぴたりとついてきて、神津の一挙一動を見守る。

それなら剃刀《かみそり》はどうだ、と、洗面所に向かったが、用意されてはいなかった。

「あの、髭を剃りたいのですが」

目的を悟られぬようにと気をつけつつ、月本の部下に申し出ると、

「用意がありません」

と返されてしまった。

もとより、髭がそう濃くない神津は、それでも剃りたいのだ、と主張することができず、すごすごと部屋に引き返した。

そうこうしているうちに刻々と時は過ぎ、家政婦が夕食の支度をしにやってきた。チャンスは今しかない、と神津はキッチンへと向かったが、やはり彼の背後にはぴたりと月本の部下がついてきた。

神津がキッチンへと入ると、六十代後半と見られる家政婦が「なんでしょう?」と彼を振り返った。

「何かお手伝いさせてください」

緊張で声は震えそうに、頬《ほお》は引きつりそうになる。が、なんとか堪えて微笑みながら神津は調理台の前に立っていた家政婦へと近づいていった。

「あら、いいんですよ」

家政婦はちょうど包丁で野菜を刻んでいるところだった。今だ、と神津は、遠慮し笑ってみせた彼女へと襲いかかっていった。

「きゃーっ」

喚《わめ》き叫ぶ家政婦の手から包丁を奪い取り、逆の手で彼女を背後から捕らえる。

「おいっ」

月本の部下が慌てて駆け寄ってきた、そのほうを神津は身体を竦ませる家政婦ともども振り返ると、彼女の喉もとに包丁を突きつけた。

「ひいっ」

家政婦が声にならない悲鳴を上げる。怖がらせて申し訳ない、と思いながらも神津は、包丁を彼女に突きつけたまま、月本の部下に対し声を張り上げた。

「退いてください！　退かないとこの人を刺します！」

「ひいぃっ」

またも家政婦が悲鳴を上げ、ぶるぶると震え出す。

「何を考えているんだ！」

部下は怒声を上げたが、家政婦の命を案じてか神津を攻撃してくることはなかった。

「退け！」

神津もまた声を張り上げ、家政婦を抱えるようにして一歩を踏み出す。部下は一瞬、どうするか迷った表情となったが、人命には代え難いと思ったのか、神津を睨んだままじり、と一歩下がった。

「退け！」

このまま家政婦を人質としてこの別荘を出る。彼女の家に行くより、彼らの車を奪ったほうがより手間はない上に、追っ手の足を奪うことができると、今更のことに神津は気づいた。

そうだ、建物の外に出たら、車のキーを要求しよう。そうすれば早くに家政婦を解放できる。彼女に怖い思いをさせる時間も短くてすむ。そうしよう、と心を決めた神津が、それ以上下がる気配のない月本の部下を再び「退け！」と怒鳴りつけたそのとき、

「これは驚いたな。君がそんな思い切ったことをするとは思わなかった」

キッチンの入り口から低いバリトンが響いたとほぼ同時に月本が姿を現した。

「……っ」

突然の彼の登場に、神津は驚きのあまりはっと息を呑んだものの、すぐに我に返ると、改めて家政婦の喉もとに包丁を突きつけ、厳しい視線を彼に向けた。

「退いてください。さもないとこの人を刺しますよ」

「無駄だよ。君に罪もないお年寄りを傷つけることができるとは思えない」

だが月本は肩を竦めてそう言ったかと思うと、つかつかと神津へと近づいてきた。

「や、やめてえっ」

家政婦がぎょっとしたように目を見開き、悲鳴を上げる。月本が神津の制止を無視したことで自分が刺されると思ったらしい。

だが、月本の読みどおり、神津には家政婦を傷つけることなどできるはずがなかった。あっという間に目の前までやってきた月本が神津の腕から包丁を取り上げる。家政婦はへなへなとその場に座り込み、しくしくと泣き始めた。その様子を見下ろす神津の胸に、申し訳ないことをしてしまったという悔恨の思いが湧き起こる。

「…………」

申し訳ありません、と頭を下げようとした彼の耳に、月本のバリトンが響いた。

「ここを抜け出し、東京にでも戻るつもりだったのかな？　しかし戻ったとして君に何ができる？　具体的に何ができるか、あげてごらん」

「それは……っ」

自分の無力さに打ちひしがれていたものの、それでも何か上条のために役に立ちたい、という思いを抱いていた神津の胸に、月本の問いはぐさぐさと刺さった。

「君には何もできない。それどころか君には身の危険が迫っている可能性だってあるんだ。君がもしも何者かに拉致された場合、それだけ我々や警察の仕事は増える。それを昨夜、納得してもらえたと思ったが違ったのかな？　君ほどの頭があれば、理解できないわけはあるまいに」

「う……っ」

やれやれ、と大仰な素振りで肩を竦める月本を前に、神津は込み上げてきた嗚咽《おえつ》を必死に堪えていた。

すべては月本の言うとおりで、反論の余地は欠片ほどもない。自分がこの場を動かずにいることが上条をはじめ皆の利益になるということは、神津とて理解していたが、それでも何かせずにはいられなかった、それを行動に移したことを今、神津は心の底から悔いていた。

己の気持ちは単なる自己満足であり、耐えるべきであったのだ。それを我慢できずに、家政婦をこうも怖がらせる行為に走ってしまった、そのことを神津は深く反省していた。

謝罪したかったが、既に家政婦は、月本の部下がキッチンの外へと連れ出していた。項垂《うなだ》れる神津の肩を、月本がぽんと叩《たた》く。

「きつい言い方をして申し訳ない。心情的には勿論わかるが、仕事となるとそうも言ってはいられないものでね」

「……申し訳ありません……」

神津の口から思わず、謝罪の言葉が漏れる。

「謝る必要はないよ」

月本は再び神津の肩をぽんと叩くと、顔を上げた彼に、にっと笑ってみせた。

「それに、安心するといい。上条君は上手くすると、送検されず釈放となるかもしれないよ」

「え？」

思いも寄らない月本の言葉に驚き、神津が目を見開く。

「君の——そして上条君の友人は、実に優秀だねえ」

参ったよ、と月本が苦笑し、肩を竦める。一体、東京では何が起こっているのかと、神津は月本の端整すぎるほどに端整な顔を食い入るように見つめていた。

月本の言うように、上条の腐れ縁の友人とそのパートナーたちは、『実に優秀』な働きをした。ミトモの店に戻る車の中から高円寺の報告を受けた遠宮は、彼らが店に到着するのを待たず、すぐに動いた。部下たちを率い、女装クラブ『アフロディーテ』に乗り込んだのである。

遠宮のその迅速な動きは、店側の証拠隠滅を防ぐためだった。遠宮の機転のおかげで各個室に仕掛けられた隠しカメラと、録画ディスクを押収することができた。

即刻クラブのオーナーやボーイたち、それにメイク係が恐喝容疑で逮捕され、それぞれに事情聴取を受けた。メイク係の一人から、ラブホテルで殺された坂井が同僚であったという証言がとれ、ボーイの一人からはオーナーに頼まれ、上条の酒に睡眠薬を盛ったという証言を得た。他のボーイからも、気を失った上条がクラブから運び出されるところを見た、という証言がとれた。

『アフロディーテ』のオーナー逮捕と同時に遠宮は、現場となったラブホテル『ローズガーデン』の支配人も任意で署に呼び出し、事情聴取を試みた。

彼に対し遠宮は、『アフロディーテ』のオーナーが脅迫容疑で逮捕となった今、数珠つなぎに城島組もまた逮捕されるであろう、と告げ、もしもこの段階で『チェックインしたのは上条』という証言を翻《ひるがえ》さなければ偽証の罪を問う、と脅かした。

支配人は逮捕を恐れ、城島組に頼まれて嘘の証言をしたと明かしたものの、彼の口から城島組の人間が上条と坂井を部屋に運び込んだというところまでは証言を得ることはできなかった。

それでも上条を送検するだけの根拠はなくなったということになり、午前七時に彼は釈放された。

「よお」

「お疲れ」

署から出てくる上条を迎えたのは、高円寺と中津だった。

「……お前ら……」

窶《やつ》れた顔をした上条が、徹夜明けで赤い目をした二人の姿を前に立ち尽くす。

「行くぜ」

高円寺が顎《あご》をしゃくり、覆面パトカーを目で示す。

「行く？」

戸惑いの声を上げた上条に、今度は中津が「ああ」と頷いてみせた。

「どこへ？」

「いいから乗れって。運転は中津、頼むな」

問いかける上条の背中を高円寺がどつくようにして車へと促す。

「悪いが他に行くところがある」

上条はそんな高円寺の腕を避け、そう言いかけたのだが、その声にかぶせるようにして告げた中津の言葉に、愕然《がくぜん》とした表情を浮かべた。

「上司への報告を考えているのなら、心配するな。これから僕らが向かうのはその上司のところだ」

「ええ？」

わけがわからない、と眉を顰める上条を高円寺が、

「いいから乗れや」

と促し、三人は覆面パトカーへと乗り込んだ。

「どこに向かってるんだ？」

中津の運転で車が走り出すと、後部シートに一人座らされた上条はすぐに身を乗り出し二人に問いかけてきた。

「伊豆だよ」

うるさそうに答えた助手席の高円寺に、上条が噛《か》みつく。

「なんで伊豆なんだ？　伊豆のどこへ向かってる？」

「てめえはシカトぶっこいたくせに、俺らには喋れってか？　ムシがよすぎるんじゃねえの？」

高円寺の強烈な嫌みに、上条は一瞬、う、と詰まったものの、言葉を失っている場合じゃな

いと察したらしく、更にきつい語調で高円寺へと向かっていった。

「ムシがいいことは百も承知だが、行き先くらいは教えてくれたっていいじゃねえか」

「お？　開き直りか？」

高円寺もまた後部シートを振り返り、上条をぎろりと睨む。

「二人とも、いい加減にしろよ」

ここで、ちょうど信号待ちのために車を停めた中津が、やれやれ、というように溜め息をつきながら、高円寺を、そして上条を見やった。

「中津、だってよ」

口を尖らせた高円寺の言葉の最後まで待たず、中津が厳しい声を出す。

「捜査上の機密だったんだ。仕方がないだろう」

「……中津……」

「そりゃそうだけどよ」

呆然とした顔で上条が中津の名を呼び、高円寺が尚も不満そうに口を尖らせる。と、そのとき信号が青に変わったため、中津はハンドブレーキを解除しアクセルを踏みながら、目的地を上条に答えた。

「伊豆の別荘地に、神津さんが保護されている。僕らはその別荘に向かってるのさ」

「なんだって？　まーが？」

心底驚いた声を出した上条を振り返り、高円寺が相変わらずトゲのある発言をし始めた。

「ああ、てめえが追っかけてた杉本代議士に狙われるんじゃねえかって、月本の野郎が保護したんだと。さっきようやく場所を教えてもらえたんだ。本当にもったいぶった野郎だぜ」

「……そうか……」

上条が未だ呆然としたまま相槌を打つ。バックミラー越しにその顔をちらと見やった中津は、横で高円寺が、

「『そうか』じゃねえぜ」

と、またも悪態をつこうとするのを睨んで黙らせた。沈黙が車中に流れる。

その沈黙を破ったのは中津だった。

「今回はおそらく、城島組逮捕で終わりとなるだろう。杉本代議士までは到達できないんじゃないかな」

「………そうか」

後部シートで上条が深く溜め息をつく。そんな彼を中津はミラー越しにまた、ちらと見やると、敢えて作った淡々とした声音で言葉を続けた。

「坂井というメイク係を殺した時点で、杉本は城島組を切るつもりだったんだと思う。月本課

長はあの事件をきっかけに杉本逮捕を狙いたかったんだろうが、それを僕たちが阻止した形になった」

申し訳ないね、と言う中津に、横から高円寺が食ってかかる。

「待てよ、そりゃ何か？　俺が騒動を起こしたからか？」

「まあ、そういうことだ」

中津の肯定に高円寺は、

「そりゃねえぜ」

と天を仰いだ。

「月本の野郎に何言われるかわかりゃしねえ」

「今回の件は月本課長の想定内だったと思うよ。じゃなきゃ、僕らにあの女装クラブを教えるわけがない」

「月本課長が教えたのか？」

と、ここで上条が心底驚いた様子で口を挟んできた。

「マッチを落としていくっつー、わざとらしい方法だったがな」

高円寺が彼を振り返り、肩を竦める。

「……信じられねえ……」

ぼそり、と上条が呟く。その彼も続く中津の言葉には、げ、と悲鳴を上げた。

「お前が考えている以上に月本課長は、お前のことが好きなんだろう」

「よせ、シャレにならねえ」

ようやく普段の表情を取り戻した上条を、高円寺はまた振り返ると、にやりと笑いからかいの言葉を口にした。

「感謝感激のあまり、ケツ差し出すんじゃねえぞ」

「馬鹿野郎、冗談でも気持ち悪いこと言うんじゃねえ」

がう、と吠《ほ》えた上条に、高円寺も、そして中津も爆笑する。

「おう、そういやお前、女装クラブでどんな騒動起こしたんだ?」

さっきそんな話をしていただろう、と上条が身を乗り出し、高円寺の顔を覗き込もうとする。

「それは……」

答えようとした中津の声を、高円寺の普段以上に大きなガラガラ声が遮った。

「捜査上の機密よ。教えるわけにはいかねえ」

「いいじゃねえか。教えろや」

「てめえだって黙秘を貫いただろうが」

「二人とも、いい加減にしろよ」

いつもどおり――否、いつも以上にわいわいと騒ぎながら、三人が三人とも、こうして互いにふざけ合い、笑い合えることを心の底から喜んでいた。

「まずてめえが喋りやがれ」

「捜査上の機密だっつってんだろ。てめえが喋れ」

「喋るか」

「ああ、もう、シートベルトがちぎれるだろっ」

互いに身を乗り出し、じゃれ合うようにして殴り合いを始める上条と高円寺を中津が怒鳴りつける。

「それ以上騒ぐと、二人には即刻車を降りてもらうからね」

「そりゃねえぜ、中津」

「そうだよ、まーに会えねえじゃねえか」

高円寺に続き、上条が泣き言を言った、その彼に向かい中津はバックミラー越し、にっと笑いかけた。

「僕らには何も言わなくていい。が、神津さんには聞かれたことをなんでも喋ってやれよ。心配かけたんだから」

「…………」

その言葉に、はっとし、息を呑んだ上条を高円寺がまた振り返る。

「おう、随分心配してたからな。しっかり安心させてやれや」

「………ああ、そうだな」

てめえに言われるまでもねえ、というような反撃があるかと身構えた高円寺は、上条に素直に頷かれ、唖然とした顔になった。

「あんだよ」

その瞬間上条が、いつもの三白眼でぎろりと高円寺を睨む。

「そう素直だと気持ち悪ぃな」

「なんだと？」

またも二人の間で争いが起こりそうになった気配を察した中津が、

「いい加減にしろっ」

と怒鳴る。そうして車中は騒がしいまま高速道路を、一路神津の待つ別荘を目指し疾走していった。

8

中津の運転する車が海辺にある伊豆の別荘に到着したのは、正午過ぎとなった。

「お、あれか？」

助手席で高円寺が声を上げた次の瞬間、上条の目に瀟洒《しょうしゃ》な別荘前に佇《たたず》む神津の姿が飛び込んできた。

「停めてくれ！」

叫んだと同時に、まだ車が走行中であるにもかかわらず、シートベルトを外し上条がドアに手をかける。

「おいっ」

慌てた声を上げながらも中津がブレーキを踏み、停車しようとしたときにはもう、上条は転がるようにして車を降り、神津に向かって駆け出していた。

「車のほうが速いだろうに」

「ま、気持ちはわかるがな」

その姿を目で追ったあと、中津と高円寺が顔を見合わせ、苦笑し合う。二人が視線を戻したときには、やはり上条に向かって駆け出していた神津が、上条にしっかりと抱き締められていた。

「感動の再会を邪魔するのも悪いし、僕らは東京に帰るとするか」

「おう、どうせ熱い抱擁《ほうよう》のあとはめくるめくセックスになるだろうからなあ」

待ってられねえ、と高円寺が笑い、中津も「確かに」と苦笑する。そんな二人の前で、まさに『熱い抱擁』をしていた上条は、己にしがみついてきた神津の耳元で、何度も「悪かった」と謝罪の言葉を繰り返していた。

「心配かけて悪かった……」

「秀臣《ひでおみ》さん……っ」

涙に暮れる神津が、何かを喋ろうとする。何、と抱き締めていた腕を解き、上条が顔を見下ろすと、神津はただ首を横に振り、再び上条にしがみついてきた。

「まー……」

上条もまた、神津の背をしっかりと抱き締める。と、そのとき彼の耳に、上司の――月本の、バリトンの美声が響いた。

「涙の再会を邪魔する気はさらさらないんだが、少しいいかな?」

「あ、はい」

「すみません……っ」

振り返り、返事をした上条の腕の中から、神津が慌てた様子で飛び出す。

「悪いね」

そんな彼に月本は微笑みを向けたあと、上条へと視線を戻した。

「申し訳ありませんでした」

上条が月本に対し、深々と頭を下げる。

「謝罪の理由は？」

月本が上条に、なんの感情も含んでいないような声で問い返す。いつもにこやかな――というよりは『にやけている』といった表現が正しいが――彼にしては珍しい、と、神津は上条の傍に佇み、じっと二人のやりとりを見つめていた。

「相手方に検事であることを見抜かれました」

「君の責任ではない。どうやらリークされたとわかった」

「なんですって？」

淡々とした声で答えた月本に、上条が驚きのあまり大声を張り上げ彼を見る。

「誰が相手方に通じていたのか――その方面へと我々は捜査方針を変更した。城島組がトカゲの尻尾切りさながら切られることはわかっていたからね」

「……だから……」

高円寺らに、女装クラブについての情報を与えたのか、と問おうとした上条に対し、月本はにっこりと目を細めて微笑むと、それ以上何も言わせぬようにとばかりに言葉を続けた。

「今日は一日、休んでよし。別荘は明日の午後まで借りている。それまで誰にも邪魔されることなく、二人の時間を過ごしてくれ。神津君の『働き』で家政婦も足を踏み入れることはないだろうからね」

「え？」

どういうことだ、と上条が神津を振り返り、神津が「あ」と小さく声を漏らす。

「ま―？」

「あ、あの……」

言い訳をしようとした神津の顔を、上条が覗き込もうとしたそのとき、再び月本の声が響いた。

「車は一台置いていくよ。君の免許証は勝手ながら君の自宅から届けさせた。それでは我々はこれで失礼するよ」

「え？　あ……」

上条が声をかけようとしたときにはもう、月本は踵《きびす》を返し、車へと向かっていた。

「……どうも……」

上条がなんともいえない表情を浮かべ、頭をかく。人との関係では常に主導権を取ることが多い上条が、こうも唖然とした顔をするとは、と、神津は半ば驚き、半ば感心しながら月本が黒塗りの車の後部シートに乗り込んでいく姿を見つめていた。

やがてクラクションを鳴らしつつ、月本の乗った車が走り去っていく。もう一台、月本の部下であり上条の同僚でもある男たちが乗り込んだ車があとに続いた。

二台の車が連なり、カーブを曲がっていく。その尾灯を目で追っていた神津は、肩を抱かれはっとしてその腕の主を——上条を振り返った。

「行こう」

上条が愛しげな笑みに瞳《ひとみ》を細め、額を神津の額へと寄せてくる。

「うん」

額を合わせたままこくりと頷いた神津の唇に、上条の唇が重なる。そのまま深くくちづけそうになり、また互いに顔を見合わせ微笑むと、相手の背中にしっかりと腕を回し、二人は別荘内へと進んでいった。

神津はそのままベッドルームへと進もうとしたが、上条は神津の背を促しリビングダイニングのソファへと向かった。

すぐにも抱き合い、己の腕の中で確かな上条の存在を感じたい、その思いは上条も同じだと思っていたのだが、と神津は、

「座ろう」

とソファに腰を下ろした彼に戸惑いの視線を向けた。

「……秀臣さん？」

問いかけた神津の腕を引き、上条が神津を自分の隣へと座らせる。

「すべて、説明する……いや、させてくれ」

そしてそう告げ、口を開きかけた上条に対し、神津は、もう何も言わなくていい、と微笑み、首を横に振ってみせた。

「まー」

「いいんだ。捜査上、話せなかったんでしょう？　僕は秀臣さんを信じているから、今となってはもう、何も聞かなくても……」

いいのだ、と言いかけた神津の声と、

「いや」

と少し強い語調で告げた上条の声が重なった。

「秀臣さん……」

「今まで俺は、そう言ってくれるまーの優しさに甘えてた。だがさすがに今回は、な」

そこまで言うと上条はバツの悪そうな顔になったが、すぐに表情を引き締め、ぽつぽつと話し始めた。

「死んだ若い男は、俺が潜入捜査をしていたとあるクラブのスタッフだった。誓って言うが、捜査のためだからという理由で、今まで彼とホテルに行ったことはないし、当然ながら関係を結んだこともない」

「勿論、わかってるよ」

聞くまでもないことだ、と頷いた神津に上条は、ありがとう、というように微笑むと、再び口を開いた。

「このところ俺の帰宅が遅かったのは、そのクラブに毎晩のように通っていたためだった。殺されたスタッフはクラブの悪事に気づいて、警察に届けるか否かを迷っている様子だったので、彼に近づこうとした矢先、彼は殺され、俺がその犯人に仕立て上げられたというわけだ。さっきの月本の話じゃ、俺の正体がバレたのは身内のリークがあったからだったというが、まさかそんなこととは知らなかったものだから、警察の捜査がクラブに向かうのを避けなきゃならねえと思って、それで黙秘を貫いたんだ。亡くなったあの子には悪いと思ったが、実行犯を捕まえたところで黒幕に逃げられちゃ浮かばれねえだろうと思ってな」

「そう……」

だいたいの事情はわかった、と頷いた神津の頭に、ふと疑問が生まれる。

上条が毎晩、化粧の匂いをさせて帰宅したのは、その『クラブ』に行っていたからだという説明がつくが、それならなぜ彼はシャワーまで浴びてきていたのか。

今までの上条の説明を聞き、神津は彼の言う『クラブ』が、ホステスやゲイボーイがつくいわゆる『クラブ』だと推察していた。

だからこそ、脂粉の匂いが染み込んだのだと思ったのだが、その『クラブ』であればシャワーを浴びる理由がわからない。

「あの……」

上条の不貞を疑っているわけでは勿論ないのだが、疑問はやはり解明したくて、神津はおずおずと上条の目を見ながら口を開いた。

「ん？」

なんでも聞いてくれ、というように微笑み問い返した上条だが、遠慮深く神津が問いかけたその内容を聞き、う、と言葉に詰まった。

「……シャワーはどこで浴びていたんだ？『クラブ』……じゃないよね？」

「……それは……」

なんともいえない顔になった上条を前に、神津の胸が、嫌な感じでドキリ、と脈打つ。先ほど上条は殺された青年との関係を否定したが、『クラブ』のホステスとの仲については言及しなかった。

まさか――まさか、そんなことはあるまいと思いながらも、顔が強張《こわば》ってしまっていた神津の表情を見て、上条ははっとした顔になると、

「違うぜ？」

と神津の両肩を摑んだ。

「悪い。すべて話すと言ったのに、最後の最後で誤魔化《ごまか》そうとしちまってた」

「……え？」

上条が何を言い出したのか、わけがわからないながらも、それが聞かずにおけばよかったと思う内容ではないことを祈りつつ、神津が問い返す。と、上条は、またもなんともいえない――強いていえば、子供が悪戯《いたずら》を見つかったような、そんな顔になったあと、神津の予想もしな

かった言葉を口にしたのだった。

「『クラブ』っちゅうのは、おねえちゃんがいる『クラブ』じゃねえんだ。『女装クラブ』だったんだよ」

「…………え？」

ジョソウクラブ、という馴染みのない単語が何を意味するものか、最初神津は理解することができなかった。沈黙が数秒、流れる。

「ええ？」

ようやく神津の頭の中で、『ジョソウ＝女装』と繋がったその瞬間、彼の口からは驚きのあまり大きな声が発せられ、ますますバツの悪そうになった上条につい、勢い込んで問いかけてしまっていた。

「女装って、女装？　まさか秀臣さんも女装を？」

問いながら神津は、上条の答えを待たずに、それならすべての疑問が解消される、と納得していた。

化粧の匂いがしていたのは、ホステスがべったりと横についていたためじゃない、上条自身が女装をしていたため。シャワーを浴びての帰宅も、女装から男装——とは言わないが——に戻るため。

そういうことか、と大きく頷きつつも、上条の女装姿など少しも想像できない、と思わずまじまじと顔を見つめてしまった神津の視線の先で、上条はいたたまれない、といった顔になりながらも、ぼそり、と小さく呟き、頷いてみせた。

「女装してたなんて恥ずかしすぎて、まーにだけは知られたくなかったんだが……」

情けない、とがっくりと肩を落とした上条の姿に、笑っては気の毒だと思いながらも神津はつい、吹き出してしまった。

「……だから嫌だったんだよ」

またも、ぼそり、と上条が零《こぼ》し、恨みがましい目で神津を見る。

「ごめん……」

笑っているのは上条が女装をしたという事実ではなく、それを明かさざるを得なくなった今の彼の表情が、子供のようで可愛かったためだ、と神津は説明したかったが、それはそれで失礼かと思い留まった。

「話してくれてありがとう」

込み上げる笑いを堪え、それだけ言うと、上条の胸の中に飛び込んでいく。

「まー」

耳元で上条の戸惑いと、そして愛しさが溢れた声が響き、彼の腕がしっかりと神津の背に回った。

きつく抱き締めてくれる上条を見上げ、神津が囁く。

「ベッドに行こうよ」

「ああ」

上条は一瞬、驚いたように目を見開いたものの――普段は慎《つつし》み深い神津の積極性が彼を驚かせたのだと思われる――すぐに笑顔になり頷くと、神津の背に腕を回したまま立ち上がり、その場で彼を抱き上げた。

「わ」

思わぬ高さが呼び起こした恐怖に、神津が上条にしがみつく。

「まー、寝室ってどこだ？」

そんな彼を抱き直し、問いかけた上条に、神津は目で階段を示した。

「二階の、階段を上がったところ」

「わかった」

頷き、神津を抱いたまま上条は歩き始めたが、すぐに、「あ」と何か思いついた声を出した。

「なに？」

「悪ぃ。まずシャワー浴びるわ」

髭も剃らなきゃな、と己の身体を見下ろした上条に、神津がぎゅっとしがみついてきた。

「まー？」

「……シャワーなんて、浴びなくても……」

しがみついたまま神津が、聞こえないような声でそう告げる。

「……まー」

しがみついているのは、自分の発言を——待ちきれないという思いを「はしたない」と思っているためだろう。なんと可憐《かれん》な、と微笑む上条の気持ちの中で、神津への愛しさと共に彼への欲情が抑えきれないほどに膨らんでくる。

「いいのか？」

欲情が上条の声を掠《かす》れさせた。上擦《うわず》るその声を聞く神津の身体がびく、と震える。

「……うん」

ようやく顔を上げ、頷いた神津の瞳の中にもやはり、抑えきれない欲情の焔《ほむら》が燃えていた。

それを見てはますます我慢できない、と上条はごくりと唾《つば》を飲み込むと、足早に階段を駆け上がり教えられたベッドルームへと進んだ。

ドアを開き、部屋の中央にあるベッドへと向かう。そっと神津の身体を落としたつもりが、気が急《せ》いたせいかどさりと音を立てて神津は着地し、スプリングの軋《きし》む音が室内に響いた。

「悪ぃ」

「いや」

大丈夫、と笑って神津は身体を起こすと、自分で服を脱ぎ始める。その様子を見ながら上条もまた手早く服を脱ぎ捨てたが、全裸になった彼の雄は既に、神津の裸を前に屹立《きつりつ》していた。

「…………」

今度、ごくりと喉を鳴らしたのは神津だった。彼の雄もまた勃《た》ちかけている。互いの身体の状態に、二人は目を見交わし少し照れたように笑い合ったあと、神津が仰向けに横たわり、その上に上条が勢いよく覆い被さっていった。

「ん……っ」

きつく舌を絡め合うくちづけを交わしながら、上条の手が神津の乳首を擦《こす》り上げる。合わせた唇の間から悩ましい声を上げた神津の腰が捩《よじ》れ彼の雄が上条の雄と触れ合った。

「……………っ」

上条の雄の先端に滲む先走りの液が神津の雄を濡らす。またもびく、と神津は身体を震わせると、もう待ちきれない、とばかりに両脚を大きく開いた。

「……まー……」

気づいた上条が唇を離し、少し身体を起こして神津を見下ろす。

「すぐ……きてほしいんだ……」

恥じらいに頬を染めながらも、神津は己の思いを言葉に乗せ、上条に伝えた。

「…………まー……」

その言葉だけで上条は達してしまいそうなほどの昂《たか》まりを覚え、神津の両脚を抱え上げると、むしゃぶりつくような勢いでそこへと顔を埋《うず》めていった。

「あぁっ……やっ……あーっ……」

両手で双丘《そうきゅう》を掴み、露わにした後孔に上条の舌が挿入し、内壁を舐《ねぶ》る。舌と一緒に挿《い》れられた指がそこを押し広げると共に、更に神津の奥を抉《えぐ》った。

「あぁっ……はやく……っ……はやく……っ……ひでおみさん……っ」

ひくひくと、そこ自体が意志を持つかのように神津の中は激しく収縮し、上条の指を、舌を更に奥へと誘《いざな》う。彼の雄もまたすっかり勃ちきり、先走りの液で己の腹を濡らしていた。切羽詰まった神津の声が、彼の希望を上条へと伝える。

一刻も早く一つになりたい——その希望は上条もまた一緒だった。相手を思いやるがゆえ、上条は前戯《ぜんぎ》で神津を昂めるだけ昂めてやろうと常日頃から思っている。セックスによる快楽をこれでもかというほど味わわせてやりたいと願っているためだが、今は本人もそれを望んでいるし、何より既に我慢も限界である、と上条は身体を起こすと、改めて神津の両脚を抱え上げ、ひくついているそこへと己の雄をねじ込んでいった。

「あーっ」

神津が高い声を上げ、大きく背を仰《の》け反《ぞ》らす。興奮しまくる彼の中のあまりの熱さに、上条の動きが一瞬止まった。が、気配を察した神津が両脚を上条の背に回し、ぐっと引き寄せてきたことで、はっと我に返ると、上条は勢いよく腰を進め、神津を奥まで貫いた。

「あぁっ……あっ……あっあっあっ」

一気に奥まで達したあと、上条は神津の両脚を抱え直すと、激しい腰の律動を始めた。互いの下肢がぶつかり合うときに、パンパンという高い音が響くほどの力強い突き上げに、神津の身体はベッドの上で撓《しな》り、常に慎ましいことしか告げぬ彼の口からはあられもない声が漏れていった。

「あぁっ……もうっ……っ……もうっ……いく……っ……死ぬ……っ……死んでしまう……っ……あーっ……っっ」

絶叫とも言うべき神津の声に、熱くわななく彼の後ろに、激しく首を横に振り享受する快楽の大きさを伝えてくるその姿に、上条の欲情はますます煽《あお》られ、律動のスピードが上がっていく。

「あぁっ……もうっ……もう……っ……いく……っ……いっちゃう……っ」

譫言《うわごと》のようにそう言いながら神津が、おそらく無意識なのだろう、両手を上条へと伸ばしてくる。上条は神津の片脚を離してその右手をしっかりと握り締めたあと、

「一緒にいこう」

と息を乱しながら囁き、その手で神津の雄を握り、一気に扱《しご》き上げた。

「あーっ」

神津が一段と高い声を上げ、上条の手の中に白濁した液を飛ばす。

「……くっ……」

射精を受け、今まで以上に激しく収縮する内壁に雄を締め上げられた上条もまた達し、神津の中に己の精を迸《ほとばし》らせた。

「……ひでおみ……さん……」

はあはあと息を乱しつつも、神津がじっと上条を見上げてくる。

「……まー……愛してる……」

キスを求めている彼の唇に上条は、苦しい呼吸を妨げぬよう配慮して何度も細かいキスを落としてやりながら、心に溢れる愛しい想いをそのまま唇に登らせる。

「……僕……も……………あい……してる……」

神津もまた、キスの合間に、それは幸せそうに微笑みながらそう返し、その思いを伝えよう

としたのだろう、しっかりと両手両脚で上条の背をそれは愛しげに抱き締めたのだった。


上条と神津が帰京したその夜、上条は新宿二丁目のゲイバー『three《スリー》 friends《フレンズ》』に集まろうと、高円寺と中津、それに彼らのパートナーに対し招集をかけた。

「ひーちゃん、今回は災難だったわねえ」

ミトモはまたも彼らのために店を貸し切り状態にしてくれ——といっても、本来の客で店が混み始める深夜まで、という時間制限はあったが——それぞれのグラスを酒で満たすと、しみじみと上条を見つめ、慰労の言葉を口にした。

「不徳の致すところよ」

上条が肩を竦めるその横では高円寺が、

「てめえにしては殊勝なこと、言うじゃねえか」

と混ぜっ返す。

「うるせえ」

「お？　そんな偉そうな口、叩いていいのか？　てめえのおかげでこちとら、えらい迷惑したっていうのによ」

「いい加減にしろよ、高円寺」

いつものごとく、諍《いさか》い——というより、じゃれ合いを始めた二人を、これまたいつものごとく、中津が制すると、彼は一同を見渡し、グラスを持ち上げた。

「まずは乾杯しよう。上条の無事と神津さんの無事を祝って」

「おう、中津、ありがとよ」

「本当に申し訳ありませんでした」

上条が笑ってグラスを取り上げ、神津が心底申し訳なさそうな顔をし、頭を下げる。

「謝ることはないよ」

そんな彼の横に座っていた中津がそう慰め、中津の横からは藤原が「そのとおり」とフォローを入れた。

「それじゃ、乾杯！」

「乾杯！」

「乾杯！」

中津の音頭で、皆がグラスを掲げ、それぞれに唱和したあと一気に空ける。

「しかし、殺人事件の容疑者とは、今回ばかりはびびったぜ」

早くも二杯目のバーボンをまた一気に呷《あお》りながら、高円寺がしみじみとした口調でそう言い、上条の顔を覗き込んだ。

「その上、セックスドラッグまでやってるしよ」

「……いや、本当に申し訳なかった」

いつもであれば『なにおぅ』と喧嘩《けんか》腰になりそうなものを、上条が素直に頭を下げたものだから、高円寺はぎょっとしたようで、

「どうしたよ？」

と更に彼の顔を覗き込んだ。

「面目次第もねえ。ここにいる皆に迷惑をかけたばかりじゃねえ。特捜にも迷惑をかけた。その上、坂井というあのスタッフの命を救ってやることもできなかった……」

心底落ち込んでいる声で、上条はそう言い、項垂れる。

「……秀臣さん……」

高円寺とは逆隣に座っていた神津が彼に、慰めの言葉を告げようとする、それより前に高円寺は思いっ切り上条の後頭部を叩いていた。

「痛えな」

何しやがる、と得意の三白眼を向けた上条を見て、神津がほっとした顔になる。

「辛気くせえ顔、してんじゃねえよ。全部不可抗力だろうが」

高円寺がそう言い、再び上条の後頭部を思いっ切り叩く。

「てめえっ」

「なんでえ、やるか？」

上条が本気で怒った表情となり立ち上がったのを見て、高円寺は嬉々とした顔になり、席を立つ。

「ちょっとあんたたち、店の備品、壊したらもう、出入り禁止にするわよっ」

いつものようにミトモが喚いて二人を座らせたそのときにはもう、上条の顔からは落ち込みの色が消えていた。

「それにしても、予想どおり、杉本代議士には手が届かなかったわねえ」

それぞれのグラスに酒を注ぎ足しながら、ミトモが残念そうに溜め息をつく。

「今回は逃げられたが、追い込んではいる。近々逮捕となるだろうぜ」

上条もまた残念そうな顔になったが、すぐにそう言い、頷いてみせた。

「ま、今回は実に楽しいものも見られたことだしね」

ミトモがにやり、と笑い、高円寺を、そして藤原を見る。

「楽しいもの？　なんでえ？」

事情を知らない上条と神津が不思議そうな顔になる中、高円寺が身を乗り出し、ミトモの胸倉を摑もうとした。

「てめえ、余計なこと、言うんじゃねえぞ」

「きゃー、こわい。暴力反対よう〜」

素早く逃げたミトモが、上条と神津に、にやにや笑いながら説明を始める。

「あの女装クラブに、ヒサモとりゅーもんちゃんが、潜入捜査、したのよう」

「てめえ！　喋んじゃねえっ」

「ミトモさん、頼みますっ」

青ざめつつも怒鳴りつける高円寺と藤原を代わる代わるに見やった上条が、

「こりゃいい」

と爆笑した。

「なに？　潜入ってこたあ、てめえら、女装したのか？」

「そりゃ、綺麗だったわよう。ハリウッド女優と銀座のママって感じでさあ」

「ハリウッド女優に銀座のママ？　どっちがどっちだ？」

面白がって密告するミトモに、更に面白がっている上条が問いかける。

「ミトモ、てめえ、調子に乗ってんじゃねえぞ」

「そうですよ。俺らがどれだけ恥ずかしい思いをしたか」

高円寺と藤原が揃って非難の声を上げ詰め寄るのに、

「だってえ、面白いじゃない」

ミトモはケラケラと笑い、ねえ、と神津に相槌を求めた。

「あ、いや、そんな……」

困った神津は俯《うつむ》いたものの、ちらと高円寺を、そして藤原を見やった目には、好奇心がこれでもかというほど表れている。

「中津、お前は見てねえのか？」

上条が中津に問いかけ、中津が「いや」と肩を竦める。

「是非見たいと思ってたんだが、機会がなかった。残念だよ」

「忠利さん、残念じゃないよ」

「中津、てめえまでなんだよ」

藤原と高円寺が今度は中津に食ってかかったそのとき、それまで沈黙を貫いていた男が——遠宮が、内ポケットから一枚の写真を取り出し、すっとカウンターの上を滑らせ高円寺の前に置いた。

「タロー？」

なんだこりゃ、と高円寺がその写真を取り上げる。

「女装クラブから押収した隠しカメラの画像だ」

実に淡々とした声で遠宮が告げた、その次の瞬間、高円寺の手の中にあった写真を覗き込もうとした上条の顔色がさっと変わった。

「あ！　こりゃっ」

「え？」

慌てて高円寺の手から写真を奪い取ろうとする上条のその動きを、高円寺はほぼ条件反射で避けたのだが、次の瞬間彼は写真に写っているのが誰だか気づいたようだ。

「お！　こりゃ、ひーちゃんかっ」

「なに？」

「ええ？　上条さんの女装姿ですかっ」

中津と藤原、二人して立ち上がり、高円寺の傍へと駆け寄ろうとするのを、鬼の形相になった上条が前に立ち塞がり制しようとした。

「ひーちゃん、美人じゃねえかっ」

おかげで背後が留守になった、その隙《すき》にとばかりに高円寺が写真をまじまじと見やり、上条をからかう。

「てめえっ」

「やーん、見せてえ」

上条が今度、高円寺を振り返ったときには、その写真は既にミトモの手に渡っていた。

「きゃー、美人っ」

「ミトモっ！」

「見せてくれ」

「俺も見たいです」

カウンター越し、ミトモの手から写真を奪い取ろうとする上条を押しのけ、中津と藤原が写真を受け取る。

「うわ」

「似合うじゃないですか！」

写真には、まるで舞台衣装のような黒の羽根付きのドレスを身に纏《まと》った長身の美女がソファで寛《くつろ》ぐ様が写っていた。

ミトモが言ったとおりの『美女』ではあるが、目つきが格別に悪い。まさに普段の上条そのものの表情をしているにもかかわらず、美しくメイクされているその顔に、そしてそのドレス姿に、中津が吹き出し、藤原もまた笑いを堪え下を向いた。

「貸しやがれっ」

二人の手から上条が写真を奪い取ろうとし、手を伸ばす。

「あ」

と、彼を避けた弾みで写真が藤原の手を離れ、ひらひらと舞った挙げ句に、ぽと、とちょうど神津の前へと落ちた。

「まー！　見るなっ」

「えーと」

上条が悲鳴のような声を上げ、神津が拾い上げた写真を取り上げようとした。が、そのときには神津はしっかり、食い入るように写真を——上条の女装姿を見つめていた。

「まー……」

最早写真を奪い取る気力もなく、上条がその場に立ち尽くす。と、神津は写真からそんな彼へと視線を向けると、悲惨な顔をしている恋人に向かい、フォローの言葉を口にした。

「……きれい……だよ？　よく似合ってると思う」

「まさとっさん、優しいじゃねえか」

「それは優しさなんだろうか……」

高円寺がヒューと口笛を吹き、中津がリアクションに困った顔になる。

「え？　あ、そうでしょうか……」

中津の言葉を聞き、確かに女装が似合うと言うのも何か、と慌てた顔になった神津に、藤原がフォローを入れた。

「やっぱりここは、笑い飛ばしてあげるのが優しさなんじゃないかと……」

「何が優しさだ！　りゅーもん、この野郎っ」

当たり所がない上条が、藤原に詰め寄ろうとする、そのとき、一人騒ぎに参加していなかった遠宮が、ごくごく冷静な声を上げ皆の注目を集めた。

「高円寺と龍門さんの写真もあるが？」

「なにっ」

「うそだろっ！」

途端に慌てた声を上げ、高円寺と藤原が遠宮に駆け寄っていく。が、それより前に遠宮は上条に向かい、

「これです」

と一枚の写真を放っていた。

「おっ！　ハリウッド女優と銀座のママだっ」

上条が実に楽しげな声を上げ、

「返しやがれっ」

と飛びかかってくる高円寺を避けながら、写真を中津へと渡そうとする。

「忠利さん、見ないでっ」

それを藤原が阻止しようとし、高円寺と二人がかりで上条を押さえ込む。

「別に見せてくれてもいいじゃないか」

中津が苦笑し、ねえ、と、神津を振り返り、神津もまた苦笑し中津を見返す。

「タロー、てめえ、何考えてやがる」

上条を押さえ込みながら高円寺が非難の眼差しを遠宮に向けると、遠宮はつんと澄まし、そっぽを向いたままこう答えた。

「ボーイに押し倒された男に、何も言われたくない」

「え？　高円寺、お前、押し倒されたのか？」

上条がさも楽しげな声を出し、高円寺の顔を覗き込む。

「うるせえっ！　もとはといえば、てめえのせいだろっ」

またも高円寺と上条の間で殴り合いが始まりそうになるのを、藤原が「まあまあ」と止める、その隙に、写真は中津の手に渡り、彼が女装姿の藤原と高円寺を見て吹き出した。

「似合う、二人とも、似合うよ」

「中津ぅ」

「忠利さん……」

ああ、と脱力する高円寺と藤原の前で中津は、写真を神津にも見せ、悪戯っぽく笑ってこう告げた。

「二人にも言ってやってくれ。『綺麗』だとか『似合う』とかって」

「あ、いや、その……」

パチ、とウインクする中津の横で、神津が困りきった顔になる。

「まあ、いいじゃないの。あんたら、互いに隠し事のないカップルなんでしょ？」

ここでミトモが、とっちらかった場を収集させようとフォローを入れてきた。

「そりゃそうだが……」

「まあなあ」

ぶつくさ言いながらも、皆、スツールに戻ると、いつの間にかミトモが注ぎ足していた酒を一気に呷っては、上条、高円寺、そして藤原は一斉に溜め息をつき、中津と神津が笑いを堪えた顔になる。

そんな二人を――そして、実はボーイに押し倒されたことを酷く根に持ち、不機嫌な顔で黙り込んでいた遠宮を見やり、またも深く溜め息をついたそれぞれのパートナーの耳に、ミトモの実に含蓄深い言葉が響いた。

「どんな恥ずかしい姿だって見せられる、それが真のパートナーってもんじゃないの？」

「ま、確かにそうだわな」

「さすが年の功、いいこと言うわ」

上条と高円寺が二人して頷き、それぞれに神津の、そして遠宮の顔を覗き込む。神津が、こくりと頷き、遠宮がそっぽを向きながらも笑ってみせる横で、中津もまた落ち込んだ様子の藤原に対し、

「そのとおりだよ」

と笑いかけた。

「ねー、タローちゃん、この写真、もらっていい？　どんなに落ち込んだときでも、これ見たら笑えると思うのよね」

と、ミトモが、いつの間にか手に持っていた写真を、遠宮にかざしてみせる。

「ミトモ、ふざけんなよ？」

「肖像権侵害で訴えてやるっ」

高円寺と上条、二人が非難の声を上げ、それを他の皆が笑う。わいわいと騒ぎながらも、三組の恋人たちの胸には今まさに、『真のパートナー』に対する絶対的な信頼と愛情が溢れていた。

式服の誘惑

カランカランとカウベルの音が、ここ、新宿《しんじゅく》二丁目のゲイバー『three《スリー》 friends《フレンズ》』の店内に響き渡る。

「いらっしゃあい」

店主のミトモの営業声と共に、

「おう、中津《なかつ》、こっちだ」

「なんでえ、その格好は。葬式か？」

カウンターに座る、高円寺久茂《こうえんじひさも》と上条秀臣《かみじょうひでおみ》、二人の大声が響いた。

二人ともかなり飲んでいるらしく、すっかり酩酊《めいてい》状態である。

「逆だよ、逆」

ぐでんぐでんの酔っぱらいの上に、およそ、ヤのつく自由業にしか見えない服装をした二人組に——しかも一人は、本物のヤクザをも竦《すく》ませる三白眼《さんぱくがん》の持ち主、もう一人はK—1選手のような見事な体軀の持ち主であるという、そんな彼らに声をかけられたにもかかわらず、逃げるでもなくにこにこと笑いながら二人に近づいていったのは、彼らの三十年来の腐れ縁の親友、ヤメ検の弁護士の中津忠利《ただとし》だった。

因《ちな》みに他の二人はヤクザではなく、上条が東京《とうきょう》地検特捜部《ちけんとくそうぶ》の検事、高円寺が新宿西署《しんじゅくにししょ》の刑事という、いたって真っ当な職業についている。

「逆ってことは、結婚式かよ？」

「ネクタイ外してちゃあ、どっちかわかんねえだろ」

二人のツッコミを受ける中津の服装は黒の式服だった。

細身の彼ゆえ、いつも以上に華奢《きゃしゃ》に見える上に、少し酔っているのか、紅潮した頬《ほお》と、ネクタイを外し緩めた白いシャツの襟元《えりもと》のコントラストが得も言われぬ色香を漂わせている。

高円寺と上条、二人の声が必要以上にでかいのも、そしてその口調が必要以上にぶっきらぼうであるのも、店に入ってきた中津を見た途端、その色香に当てられてしまったためだった。

二人には現在絶賛恋愛中のパートナーがそれぞれいる上、前述のとおり中津とは三十年来の付き合いではあるのだが、それこそ『絶賛恋愛中』である中津の醸《かも》し出す壮絶な色香には目を奪われないではいられず、騒ぎながらもちらちらと姿を窺《うかが》ってしまっていたのである。

「誰の結婚式だったんだ？」

隣のスツールに座った中津に、ごくりと密かに唾《つば》を飲み込みながら、高円寺が問いかける。

「事務所の後輩だよ。佐藤《さとう》君といってね。なんと職場結婚だ」

「佐藤って一度会ったことある奴か？　あの、ボーヤボーヤした？」

高円寺越しに身を乗り出し問いかけてきた上条に、

「そうそう、上条をヤクザと間違えたあのボーヤだよ」

よく覚えていたな、と中津は微笑《ほほえ》んだ。

というのも、かつて上条が中津を訪ねて来た際、喫茶室で話す二人を見かけた佐藤が、中津がヤクザに絡まれていると思い込み、間に割って入ってきたことがあったのである。

『け、警察を呼びますよ』

佐藤は中津のシンパゆえ、放っておけないと思ったのだろう。そう言ったそばから携帯で一一〇番通報しようとするのを、中津が慌てて止めたのだったが、そんな経緯があったため上条も佐藤の名と顔を覚えていたのだった。

「へー、あのボーヤが結婚ね。職場結婚ってこたぁ、相手は可愛《かわい》い事務員とか？」

「いや、先輩弁護士だよ。佐藤君より八歳年上だ」

上条の問いに中津が答える。それを聞き上条と高円寺が二人して、

「へえー」

「八つ上とは、そらすげえな」

と感心した声を上げた。

「佐藤っていくつだよ？」

「二十九歳だ」

「ってこたあ、花嫁は三十ええと……」

「三十七。そんくれえの暗算もできねえのか」

指折り年齢を数えようとした高円寺の後頭部を、上条がバシッと殴る。

「痛えな」

「おめえが小学生より馬鹿だからだろ」

「あんだとぉ？」

「二人とも、いい加減にしろよ」

泥酔しているせいか、くだらないことで喧嘩《けんか》を始めそうになる上条と高円寺を中津が叱《しか》りつける。

そんな彼の前にミトモが、

「いらっしゃあい」

と、微笑みながら、濃い目の水割りのグラスを置いた。

「結婚式も年上の花嫁もどうでもいいんだけどさ、中津ちゃんの式服、めちゃめちゃセクシーねえ」

「セクシーって」

満更世辞とは思えない口調のミトモの言葉に思わず中津がぷっと吹き出したのは、『式服』と『セクシー』との間にギャップを感じたからだった。

「あらぁ、マジでセクシーよう。よく言うじゃない？　喪服姿の未亡人にはそそられるってぇ」

「ミトモ、人の話を聞けや。中津が出たのは葬式じゃねえ。結婚式だったんだよ」

高円寺が訂正を入れるのに、

「どっちも同じ式服じゃないの」

とミトモが言い返し、「ねえ」と中津に同意を求める。

「未亡人の喪服と、男の式服は違うよ」

ミトモの言葉には同意せず、中津は、

「なあ？」

と高円寺と上条に同意を求めたのだが、二人の反応は彼らにしては珍しく、奥歯に物が挟まったようなものだった。

「いやあ、そうでもねえっつーか……」

「まあ、人によるっつーの？」

いつもは滅多に意見の合致を見ない二人は口々にそう言うと、

「なあ」

と互いに頷《うなず》き合っている。

「人？」

「それよりよ、八歳年上の嫁さんの話を聞かせてくれや」

戸惑いの声を上げる中津に対し、話を逸《そ》らそうとしたのだろう、高円寺がそう話題を振った。

「初婚か？」

「いや、再婚子アリだ」

「へえ、佐藤のボーヤも思い切ったな」

男らしいや、と感心した声を上げた上条に、

「確かに」

と中津が頷く。

「本当に花嫁も花婿も幸せそうだったよ」

「まあ、愛があるってことだろう」

「そうそう、愛がありゃあ、年上だろうが子持ちだろうが」

「男同士だろうが、よね」

うんうん、と頷く高円寺と上条の声に、ミトモの茶々が重なる。

「そうよ、愛がありゃあ、なんでもできる」

「それを言うなら『元気があれば』だろ」

がはは、と高円寺が笑って上条に突っ込む。

「まあ、『なんでもできる』といっても、さすがに男同士で結婚式を挙げることはできないけどね」

中津もまた皆の会話に乗り、そう笑ったのだが、その途端、

「え？　挙げられんだろ」

「確かに、結婚式は無理だわな」

上条と高円寺、二人の声がそれぞれに店内に響いたのに、中津が、そして高円寺が、一瞬の沈黙のあと戸惑いの声を上げた。

「……え？」

「ひーちゃん、お前今、なんつった？」

二人の問いに、ごく当たり前のように上条が答える。

「俺はいつかまーと結婚式、挙げるつもりだぜ？」

そんな彼に対し、高円寺と中津は二人してまた、

「えー？」

「マジかよっ」

と驚きの声を上げていた。

「いいじゃねえか。何ごとにもけじめってもんが大事なんだからよ」

「確かにけじめは必要だろうけど、まあ、なんていうか……」

「まさかヒデ、おめえ、まさとっさんにウエディングドレスを着せてえなんて思ってるんじゃねえよな？」

言葉を失う中津の横から、高円寺が恐る恐る問いかける。

「俺としちゃあ着てほしいが、まーが嫌がるだろうからな」

二人でタキシードかモーニングよ、と即答したところを見ると、どうやら上条はかなり『結婚式』に対し、確かなビジョンを抱いているようである。それを察した中津と高円寺はこっそりと目を見交わし合った。

「会場は教会だな。ハワイあたりの、海の見える小さな教会なんて、ロマンチックじゃねえかと思うんだよ。誓いの言葉を互いに言って、そのあと指輪の交換、そして誓いのキス……ああ、夢が広がるねえ」

「……本当に……」

「まさにとんでもねえ夢が広がってんな」

得意の三白眼でうっとりと宙を見つめる上条を眺め、中津と高円寺は再び顔を見合わせると、やれやれ、と溜《た》め息《いき》をつき合った。

「……あんな顔しているくせに、上条は意外にロマンチストだな」

「ロマンチストっつーか、乙女チックっつーか。ほんとに顔を裏切るよな」

ぼそぼそと囁《ささや》き合う二人の声は、すっかり『結婚式』に夢を馳《は》せていた上条の耳には届いていないのか、上条は更に綿密なるプランを口にし、ますます中津と高円寺を引かせていく。

「タキシードは俺が黒、まーが白なんだよ。で、カサブランカのブーケをまーが持ってだな、式が終わるとそれを後ろ向いて投げるんだ。そのブーケが中津のところにぽんと落ち……」

「え？　僕？」

ついて行かれない妄想の世界にいきなり登場させられ、驚きの声を上げる中津に構わず、上条が『妄想』を垂れ流し続ける。

「隣でりゅーもんが『次は俺たちだな』なんて喜んでてよ。取り損ねたタローちゃんが悔しがるのを高円寺が宥《なだ》めて……」

「いやあ、タローは悔しがりはしねえと思うが……」

こちらも勝手に登場させられた高円寺が、ないない、と首を横に振る。

「……それなら三人一緒に、式、挙げちまえばいいじゃねえかってことになって、そのあとお前らもそれぞれにタキシードに着替えて、誓いの言葉を……」

「言わねーし」

「僕らは遠慮するよ」

それぞれに拒絶の言葉を口にする高円寺と中津を、上条がじろ、と睨《にら》んだ。

「お前ら、夢がねえなあ」

「上条がありすぎるんだろ」

「ほんと、とんだドリーマーだぜ」

呆《あき》れた口調の上条に、更に二人が呆れて答える。と、そのとき、カランカランとカウベルの音が鳴り響き、中津を迎えにやってきた彼の恋人、藤原龍門《ふじわらりゅうもん》が店内に足を踏み入れた。

「おう、りゅーもん！」

ちょうど出入り口へと顔を向けていた上条が彼を最初に見つけ、手を振って招く。

「あ、どうも」

すぐに気づいた藤原は三人へと駆け寄ると、中津の隣に腰を下ろし彼の顔を覗《のぞ》き込んだ。

「遅くなってごめん」

「いや、遅くないし」

こそりと会話する二人に構わず、上条が藤原に話しかけてくる。

「おい、りゅーもんよう」

「はい？」

なんです？　と、中津の身体越しに上条を見やった藤原だが、続く彼の言葉には唖然《あぜん》としたあまり、声を失うことになった。

「お前も中津と、結婚式、挙げてえと思うだろ?」

「ええ?」

なんの前振りもなくそんな意味不明としかいいようのないことを言われ、絶句する藤原に対し、上条が尚も絡む。

「ハワイかどこかの海辺の教会でよ、二人してタキシード着て、誓いの言葉を言い合って……」

「あー、もう、わかった。わかったから」

先ほど語ったばかりの己の妄想を再び滔々《とうとう》と喋《しゃべ》り始めた上条の言葉を遮《さえぎ》ったのは中津だった。

「あの??」

一体なんの話をしているんだと戸惑いの声を上げる藤原の腕を中津が掴《つか》み、共にスツールを下りる。

「高円寺、悪いがあとは任せた。上条の妄想に付き合ってやってくれ」

ぽん、と高円寺の肩を叩《たた》いた中津が、内ポケットから財布を取り出し一万円札を一枚抜き出してカウンターに置いた。

「おおい、カンベンしてくれや」

心底嫌そうな顔をした高円寺の横では上条が相変わらず、

「誓いのキスのときにはよ、やっぱりヴェールを捲《めく》りたいじゃねえか。となると、タキシードにヴェールかなあ？　それって、変じゃねえ？」

などと、尚一層克明に彼の妄想を語り続けていた。

「タキシードにヴェール⁇」

そら変じゃないですかね、と言い返そうとする藤原の腕を引くと中津は、

「それじゃ、お先に」

と、上条と高円寺、二人に声をかけ、

「ブーケはカサブランカより、胡蝶蘭《こちょうらん》のほうがいいかな。百合は花粉がつくもんなあ。ああ、それともスタイリッシュなカラーとか？　おい、どっちがいいと思う？」

「中津、お前、狡《ずる》いじゃねえかよ」

うっとりと夢だか妄想だかを語り続ける上条と、一人置いていかれることに対し恨み言を並べる高円寺を残し、『three friends』をあとにしたのだった。

「……結婚式ねえ」

家まで帰る道すがら、藤原が運転する車中で中津は彼に、あの場でどれほど馬鹿げた会話が繰り広げられていたかを逐一説明してやった。

最初のうちは呆れた口調で相槌《あいづち》を打っていた藤原だが、神津《こうづ》のブーケトスを中津が受け取るというところまで来ると、

「ってことは、次は俺らか」

と目を輝かせ、中津を唖然とさせた。

「……龍門？」

その声の弾みはなんだ、と中津が彼の顔を覗き込む。

「あ、いや、別に俺は結婚式を挙げたいってわけじゃあ……」

慌ててフォローするその態度が怪しいと、中津は尚も彼の顔を覗き込もうとしたのだが、そのときいかにも焦った様子で藤原が話を変えてきた。

「他にはどんなこと、話してたんだ？」

「僕が出席した結婚式の話題と、それから……ああ、そうだ」

ここで中津は店で聞いた馬鹿話の二つ目を——一つ目は当然、上条の結婚妄想である——思い出し、つい吹き出してしまいながら藤原に教えてやることにした。

「ミトモさんが『式服はセクシー』だなんて、面白いことを言ってきたんだよ。喪服の未亡人が色っぽく見えるのと同じだと言うんだが、女性の喪服と男の式服を同列に語るなんて、無理がありすぎると思わないか？」

「いや、それは……」

くすくす笑いながら告げた中津に、藤原が同意することなく言葉を濁す。

「え？」

「……それについては、俺はミトモさんに一票、だな」

「龍門？」

何を言い出したのだ、と中津が藤原に問い返したそのとき、車は二人の住む中津のマンションへと到着した。

マンションの駐車場に車を停め、二人して中津の部屋へと向かう。

「…………」

すっかり言葉少なくなった藤原に対し、中津は一体どうしたことかと疑問を覚えていたのだが、部屋に入った途端後ろからその藤原に抱き締められ、はっとして彼を振り返ろうとした。

「なに？」

「…………」

藤原は無言で中津をきつく背後から抱き締めたまま、肩口に顔を埋《うず》めてくる。

ぴたりと腰の辺りに押し当てられた藤原の雄が熱と硬さを持っていることに気づいた中津は強引に彼の腕を振り解き、身体を返して藤原を見上げた。

「龍門、どうした？」

「……忠利さんの式服に欲情した」

ぼそり呟《つぶや》き、唇を落としてくる藤原を前に、

「何を馬鹿な……」

と、中津はまたも吹き出してしまったのだが、途端に少しむっとした顔になった藤原にその場で抱き上げられ、思わぬ高さにぎょっとしたあまり、思わず藤原の首に縋《すが》り付いた。

「りゅ、龍門？」

「忠利さんはわかっちゃないよ」

憮然《ぶぜん》とした顔のまま藤原は中津を真っ直ぐに寝室へと連れていくと、部屋の中央にあるベッドにどさりと彼の身体を落とした。

「わかってないって、何が？」

素でわからず問い返した中津を見下ろし、藤原は、やれやれ、というように溜め息をついたものの、答えるでもなく覆い被さってきては中津の唇を塞《ふさ》ごうとする。

「待ってくれ、服を……」

クリーニングに出すつもりではあったが、やはり『式服』ともなると、取り扱いに気を遣う、と中津は藤原の胸を押しやり、起き上がって服を脱ごうとしたのだが、

「……え？」

藤原が強引に自分を押さえつけながら、ベルトに手をかけてきたのにはぎょっとし、どうした、と目を見開いた。

「…………」

戸惑う中津に理由を説明する余裕などないとばかりに藤原はほぼ強引に中津のベルトを外し、スラックスを下着ごと中津の膝《ひざ》の辺りまで引き下ろすと、

「おい？」

再度戸惑いの声を上げる中津の身体をシーツの上でうつ伏せにし、腰を摑んで高く上げさせた。

「龍門？」

ばさりと上着と、そして白のワイシャツ、その下に着ていた下着代わりのＴシャツを捲り上げ、露《あら》わにした双丘《そうきゅう》を両手で摑む。

「おい……っ」

中津がまたもぎょっとした声を上げたのは、藤原が摑んだその手で押し広げ、露わにした後孔にむしゃぶりつくような勢いで顔を埋めてきたからだった。

「龍門……っ……あっ……」

硬い藤原の舌先が中津の中に挿《はい》ってくる。ざらりとした舌の表面で内壁を舐《ねぶ》られ、舌と共に挿入された指で中をかき回される。もう片方の藤原の手は前へと回り、彼の雄をゆるゆると扱《しご》き上げてきた。

「や……っ……あっ……」

前後に与えられる愛撫《あいぶ》に、中津の身体の内に欲情が芽生え、彼の全身を火照《ほて》らせてゆく。

「あっ……あぁ……あっ……」

服が皺《しわ》になる、それに汚れる、という程度の意識はつい先ほどまで保っていたはずなのに、三本に増やされた指で中をぐちゃぐちゃとかき回され、すっかり勃《た》ち上がった雄の先端を執拗《しつよう》なほどの丹念さで擦《こす》られている今、中津は欲情に我を忘れてしまっていた。

普段の中津はそれは凜々《りり》しく冷静で、物腰の一つ一つに切れがある上に仕草は実に上品であるのだが、欲情に溺《おぼ》れる彼の動きは普段の中津とはまるで違う、切羽《せっぱ》詰まった淫《みだ》らなもので、今も彼は藤原の指しか与えられないことによるもどかしさを、腰を突き出すという動きで伝えようとしていた。

「……忠利さん……っ」

気づいた藤原が中津の恥部より顔を上げて身体を起こし、中津を見下ろす。

「りゅう……っ」

延々と前後を攻め続けられたことで、既に彼の意識は快楽に塗《まみ》れ朦朧《もうろう》としている様子だったが、名を呼ばれて反射的に呼び返した声は酷く切羽詰まっていた。

すぐにも欲しい、と言わんばかりのその声に、眼鏡越しに見る――藤原は行為に焦るあまり、未だに中津の眼鏡を外し忘れていたのである――煌《きら》めくその瞳《ひとみ》に、藤原の欲情は一気に煽《あお》られ、わかった、とばかりに頷くと、彼は手早く己のジーンズのファスナーを下ろし、既に勃ちきっていた雄を取り出した。

「あぁ……っ」

指で、舌でさんざん慣らした中津のそこは、藤原の猛《たけ》る雄をずぶずぶと、あたかも待ち侘《わ》びていたかのように呑《の》み込んでいく。

「……ん……っ」

すべてを収めきり、二人の下肢がぴたりと重なった、そのことに中津が満足げな声を漏らす。

「……っ」

その声が合図になったかのように藤原の激しい突き上げが始まった。

「あっ……やっ……あぁっ……」

通常藤原は、後背位よりも正常位を好む。その理由は快楽に喘《あえ》ぐ中津の顔を見ていたいというものなのだが、今、彼は普段の己のそんな嗜好《しこう》を忘れるほどに昂《たか》まってしまっていた。

「あぁっ……もうっ……あぁっ……」

式服のスラックスだけ下ろされ、上着も、眩《まぶ》しいほどに白いワイシャツも着たままで、服を捲り上げられたことで露わになった尻を攻められ、中津が感じまくっている。

式服の黒とシャツの白、それに中津の欲情のあまり薄紅色に染まる肌のコントラストの美しさにうっとりとしてしまいながらも、藤原は貪欲に中津の身体を貪《むさぼ》り、同時にまた彼の享受する快楽も増幅させてやろうと腰の律動の速度を上げた。

「あぁっ……あっ……あっあっあっ」

うつ伏せの姿勢で高く尻を突き出した中津が、藤原の身体の下で、喘ぎ身悶《みもだ》える。

彼の雄は既に勃ちきり、先端から滴る先走りの液がシーツに染みを作っていた。

そろそろ限界が近いことを見抜いた藤原は、いつものように必要以上に射精を長引かせることなく、中津が最良の状態で達することができるようにと彼の雄を握り込み、一気に扱き上げてやった。

「アーッ」

高い声を上げて中津が達し、白濁した液をこれでもかというほどに、藤原の手に飛ばしてきた。

「……くっ……」

射精を受け激しく収縮する後ろに締め上げられて藤原もまた達し、中津の中に精を注ぎ込む。

「……忠利さん……」

はあはあと俯《うつむ》いたまま息を乱している中津に背中から覆い被さり、藤原が顔を覗き込む。

「……大丈夫だ……でも……」

中津はそこまで言うと、くす、と笑い、己の身体を見やりながらこう呟いたのだった。

「式服が皺になるな」

「……っ」

その言葉を聞いた途端、中津の中に収めたままだった藤原の雄がびくんと欲情に脈打ち、一気に嵩《かさ》を増していく。

「龍門……？」

「……悪い。まだ治まりそうにない」

察した中津がはっとしたように問いかけてくる、その彼に申し訳なさそうに詫《わ》びながらも藤原は両手を中津の腰へと回していた。

「……やっ……」

再びゆるゆると腰の律動を始めた藤原を、信じられない、という目で中津が見上げてくる。

そもそも『式服』にはストイック、かつ荘厳なイメージがある。

それだけにその服を身につけ、性的快感に身悶える姿はもう、我慢できないほどにそそられるものなのだ、という説明をする余裕など欠片《かけら》もないほどに昂まっていた藤原は、それから二度、三度と式服を脱ぎきれていない中津を求め、ついには彼が快楽のあまり失神してしまうまで、彼の腰を抱き続けたのだった。


「忠利さん、大丈夫か？」

ペシペシ、と頬を叩かれる感触に、中津の意識が戻る。

「……あ……」

「水、飲む？」

目を開いた途端に飛び込んできた、藤原のいかにも心配そうな顔に中津は、

「大丈夫だ」

と微笑むと、彼が差し出してきたペットボトルを受け取り、ごくりと水を飲んだ。

「……悪かった」

「え？」

バツの悪そうな顔で詫びてきた藤原に、何に対する謝罪なのかと問い返すと、藤原はますますバツが悪そうな表情になり、ぼそぼそと言葉を続けた。

「式服姿の忠利さんに、すっかり欲情してしまった」

「何を馬鹿な……」

己の魅力に無自覚すぎる中津がぷっと吹き出す。

「本当だよ」

そうも無自覚なのは危険だとばかりに、藤原はむきになり、大真面目な顔でこう告げた。

「今日の結婚式でも絶対に、花嫁のウエディングドレス姿よりも忠利さんの式服のほうが、綺《き》麗《れい》だったに違いないよ」

「そりゃないだろう」

どこまでも自覚のない中津が、結婚式の主役は花嫁だろうと笑い、藤原の言葉を否定する。

「ある」

「ないって」

「あるって。それに第一、忠利さんがウエディングドレス姿だったらことさら、より輝いていただろう」

「……まさか龍門も、結婚式挙げたいなんてとんでもないことを、言い出すわけじゃないよな？」

それまで真面目な顔で切り返し続けていた藤原が、この中津の発言には、うっと息を呑み言葉に詰まった。

「……龍門？」

もしや、と中津が案じながら藤原の顔を見返す。

「そんな……ハワイの教会での誓いのキスや誓いの言葉も、それにティファニーかバンクリで揃《そろ》えた結婚指輪の交換も、おそろいのタキシードも、ブーケはカサブランカじゃなくて胡蝶蘭にしようなんてことも、ああ、そうだ。披露宴なんて堅苦しいもんじゃなく、都内の一軒家風のレストランを借り切ってガーデンパーティやろうなんてことも、俺が考えてるわけ、ないじゃないか」

そう否定はしたものの、あまりに具体的な挙式プランを口にしてみせる藤原に対し、もしや彼も上条同様『乙女チック』な夢を抱いているのではないだろうなという不安を、中津はこれでもかというほど抱くことになったのだった。

例の女装写真を返せって？
ええええ〜〜〜〜
淫らな囁き
〜コミックバージョン〜
by陸裕千景子
そうねぇ じゃーまず ニューボトル 入れましょうか♥
きたねぇ！
だぁって あんな笑える モノないわよ〜
やっぱアレね 人を救うのは 愛じゃなくて 笑いね〜
ぷぷ
悩むのも アホらしく なるゎ
ひでぇ…
結局 返す気 ねぇんだろ!!
でも笑いとは 別に 綺麗どころの マジな女装も 目の保養に 見ておきたかった わね〜
綺麗どころって まさか…

あんた達のハニーに決まってんじゃないの！
そうねぇ中津ちゃんは女弁護士
タローちゃんは婦警さんなんてど～お？
お おお…
ゴクリ。。。
あと神津さんは色が白いから…
やめろ！
俺のまーでいかがわしい妄想すんじゃねぇ!!
あっ
ちくしょう もうあの写真はくれてやらぁ
…にしたって俺らのゲテモノ女装を喜ぶなんざお前も月本も変態だ…
ぐすん…
ゲテモノって…

…けどよ
マジな話 月本が ゲテモノ好きで 良かったぜ…
へ？
だってよ そうでなけりゃ 監禁中の俺のまーが 無事でいられた わけがねえよ
あっ
傷心の人妻は魅力的ではあ
ああ…
それも そーねぇ
神津さんは ともかく あんたたちなら ヤられちゃっても 笑い話に できそうだし？
月本が 悪シュミで よかったじゃんっ
できるか!!
なんでよ 先っぽ入れられる くらいなら 許せるでしょ
許せるか!!!

あとがき

はじめまして&こんにちは。愁堂れなです。このたびは十一冊目のB－PRINCE文庫となりました『淫らな囁き』をお手にとってくださり、本当にどうもありがとうございました。

皆様の応援のおかげで、『淫らシリーズ』も通算十冊目を迎えることができました。今回のお当番は初心に戻り？　上条と神津のバカップルとなったのですが、上条の出番より高円寺や龍門が出張っているかもしれません。

いつもこのシリーズは本当に楽しみながら書かせていただいているのですが、今回は特に楽しく書かせていただきました（例のシーンです・笑）。皆様にも少しでも楽しんでいただけているといいなとお祈りしています。

陸裕千景子先生、今回も本当に素晴らしいイラストをどうもありがとうございました！　前にもあとがきに書いたことがあるかもしれませんが、陸裕先生の描いてくださったキャラクターが頭の中でいろいろと動き回ってくれるので、このシリーズはプロットで詰まったことがありません。ショートも長編も、いくらでもお話が浮かんできます（今回の〇〇シーンもそんな感じで生まれました・笑）。

今回も美麗でセクシーな二人を、楽しい仲間たちを、本当に素敵に書いてくださり、どうもありがとうございました。おまけ漫画もとても嬉しかったです！　これからもどうぞよろしくお願い申し上げます。

また、担当様をはじめ、本書発行に携わってくださいましたすべての皆様に、この場をお借りいたしまして御礼申し上げます。

最後に何より、この本をお手にとってくださいました皆様に、心より御礼申し上げます。

シリーズ十作目、ということで、いつも以上にはっちゃけてみたのですが、いかがでしたでしょうか。皆様に少しでも楽しんでいただけていたら、これほど嬉しいことはありません。

この『淫らシリーズ』はムービック様より、ドラマＣＤにもしていただいています（『淫らな罠に堕とされて』『淫らなキスに乱されて』『淫らな躰に酔わされて』『恋は淫らにしどけなく』の四作です）。

どれも本当に素晴らしい仕上がりになっていますので、是非是非、お聴きになってみてくださいね。

今回、ページが微妙に余ったとのことでしたので、以前Ｂ‐ＰＲＩＮＣＥ文庫様一周年フェアのペーパーに書き下ろしました『習慣』をこの「あとがき」のあとに収録していただきました。

併せてお楽しみいただけると幸いです。
また皆様にお目にかかれますことを、切にお祈りしています。

平成二十二年三月吉日

愁堂れな

（公式サイト「シャインズ」http://www.r-shuhdoh.com/）

＊毎週日曜日にメルマガを配信しています。ご興味のある方は、00569516s@merumo.ne.jp に空メールをお送りくださるか、または http://merumo.ne.jp/00569516.html からご登録くださいませ。
携帯電話用のメルマガですが、パソコンからもお申し込みいただけます。
（以前の配信元より変更しています）

習慣

「おい、高円寺《こうえんじ》、お前その顔どうしたよ」

「大捕物か？　それともＤＶか？」

ミトモの店の前で偶然鉢合わせ、二人して店内に入った上条《かみじょう》と中津《なかつ》は、先に来ていた悪友の目の周りに青痣が残る顔を見て、ほぼ同時に驚きの声を上げた。

「ＤＶだ、ＤＶ」

いてて、と顔を歪めながら高円寺が答え、座れ、というように自分の両隣のスツールを目で示す。

今夜は神津《こうづ》が大阪出張でいないのだと、急遽上条が高円寺と中津の二人に号令をかけ、ここ、新宿《しんじゅく》二丁目のゲイバー『three friends《スリー　フレンズ》』で三人は待ち合わせたのだった。今夜の話題はおそらく、独り寝が寂しい上条の愚痴大会で終わるのだろうと皆予測していたにもかかわらず、それこそどんな凶悪犯と相見えたとしても、ここまで酷《ひど》い怪我は負わなかっただろうと思《おぼ》しき高円寺の『ＤＶ』に話は集中することになった。

「タローちゃんか？　女王だとは聞いてたが、まさかＳＭの女王様なのか？」

上条が半ば面白がった口調でそう言い『靴をお舐め』かよ、とふざけてみせる。

「俺がドＭってか？　なわけあるかい」

馬鹿野郎、と高円寺が上条の頭を叩《たた》き、

「やりやがったな、このM野郎」

と上条がまた高円寺の頭を叩き返す。

「いい加減にしろよ。それよりタローちゃんを怒らせた原因は？」

まったく、と呆《あき》れながら二人の諍《いさか》いを制した中津が問いかけたのに「それがよ」と高円寺は憮然《ぶぜん》とした口調で話し始めた。

「セックスの時に、明かりを消してくれって言うんだよ。俺は明るい中でやるのが好きだって言ったら、『信じられない』って人のこと、変態扱いしやがってよ」

電気を消す、消さないで揉めた挙げ句、腕力にものを言わせて『消さない』選択をしたことを怒り、行為のあとにこれでもかというほど殴られたのだ、という高円寺の話を聞いた直後、中津と上条、二人の声がシンクロして響いた。

「それはタローちゃんが怒るのも無理ないだろう」

「ひでえな。明るい中でやるのが、愛の営みの醍醐味《だいごみ》じゃねえか」

非難の声を上げた中津と同意してみせた上条、二人はそれぞれに顔を見合わせ、

「え？」

「なに？」

と眉を顰《ひそ》め合った。

「……醍醐味?」

「なんだって怒るんだ?」

それぞれの言葉を問い返した二人に、高円寺の「醍醐味だよなあ」というガラガラ声が重なる。

「ちょっと待て。二人は明るい中でセックスしてるのか?」

ぎょっとしたように目を見開いた中津に対し、上条と高円寺は「おうよ」「あたぼうでい」と大きく頷《うなず》き、逆に二人して身を乗り出してきた。

「ちょっと待て、中津、お前まさか、暗い中でやってるなんて言わねえよな?」

「りゅーもんが可哀想だろうよ。あいつだって中津の裸が見てえだろうに」

まさに非難囂々《ひなんごうごう》、集中砲火を浴びることになった中津が「信じられない!」と彼にしては珍しく大きな声を上げる。

「二人とも、慎《つつし》み深い日本人の特性はどうした!」

「慎みよりゃ、己の欲望だろ」

「そうそう、愛する相手の裸体を見たい、そして愛する相手にこの鍛え上げた裸体を見せたい……ごくごく自然な流れだと思うが?」

さも当然、とばかりに――どころか、中津へと向かいそれこそ『信じられない』といわんばかりの非難の視線すら向けてくる二人に、これまた珍しくも中津がたじたじとなった。

「しかし……」

「中津、お前も自分の欲望に忠実になれっ！」

上条ががしっと中津の肩を摑《つか》み、頷いてみせる。

「いや、別に、僕は龍門《りゅうもん》の裸を見たいとは思わないし……」

第一自分が恥ずかしい、と言う中津に対し上条と高円寺が「なんと！」「信じられねえ！」

とますます高い声を上げた。

「りゅーもんが可哀想じゃねえか。奴だって中津の裸、マジで見たいはずだぜ？」

「俺だって見たい」

「どさくさ紛れに何言ってやがる」

「お前だって見てえくせに」

「俺ら以上にりゅーもんは見てえと思ってるはずだ！」

「そうだそうだ」

互いに小突き合いながらも、最後はきっちり責めてくる高円寺と上条を前に、中津はほとほ
と困り切り、カウンターの中ではミトモが「馬鹿じゃないの」と肩を竦《すく》める。

「よし、りゅーもん呼ぼうぜ！　奴の本心を聞き出すんだ」

「ついでにタローちゃんも呼んだらどうだ？　明るい中でのセックスが多数派だってこと、証明してやろう」

「多数派って、二対一じゃないかっ」

しかも遠宮《とおみや》が来たら二対三になる——中津は藤原《ふじわら》が自分の意に染まぬ意見を述べるとは微塵《みじん》も考えていないのである——という中津の言葉をまるで無視し、

「よっしゃ、電話だ」

「きっちりわからせてやろうぜ」

上条と高円寺の昂揚した声が、店内に響き渡った。

因《ちな》みにこのあと、わけもわからず呼びつけられた藤原と遠宮の前で、『セックスは明るいところでするのが普通か否か』への投票が行われたのだが、賛成票は上条と高円寺の二人のみ、中津の言いなりになった藤原が『暗い中』に投票、ミトモまでもが、

「アタシも明るいところはカンベンだわ」

と反対派に回った結果——厚化粧がバレるからだろうと悪態をついた上条がミトモに高円寺と同じくらい青痣を作られたのは言うまでもない——遠宮に、

「それみたことか」

と高円寺は睨《にら》まれ、その後二人の寝室の電気は、当分の間消されることになったのだった。

初出一覧

淫らな囁き　/書き下ろし

式服の誘惑　/小説b-Boy '09年8月号（リブレ出版刊）掲載

淫らな囁き〜コミックバージョン〜　/描き下ろし

習慣

※上記の作品は「B-PRINCE文庫創刊1周年フェアスペシャルペーパー」（'09年4月配布）に収録されました。

B-PRINCE文庫をお買い上げいただきありがとうございます。
先生へのファンレターはこちらにお送りください。
〒162-0825　東京都新宿区神楽坂6-46　ローベル神楽坂ビル4階
リブレ出版(株)内　編集部

B♥PRINCE
http://b-prince.com

淫《みだ》らな囁《ささや》き

発行　2010年4月7日　初版発行

著者　愁堂れな

発行者　髙野 潔

出版企画・編集　リブレ出版株式会社

発行所　株式会社アスキー・メディアワークス
〒160-8326　東京都新宿区西新宿4-34-7
☎03-6866-7323（編集）

発売元　株式会社角川グループパブリッシング
〒102-8177　東京都千代田区富士見2-13-3
☎03-3238-8605（営業）

印刷・製本　旭印刷株式会社

Printed in Japan
ISBN978-4-04-868471-2 C0193

著:愁堂れな
イラスト:陸裕千景子
淫らな罠に堕とされて
淫らなキスに乱されて
淫らな躰に酔わされて
恋は淫らにしどけなく
愛は淫らな夜に咲く
心は淫らな闇に舞う
淫らな関係
淫らな爪痕
淫らな背徳
淫らな囁き
淫らシリーズ
好評発売中♡
強面検事・上条、美貌の弁護士・中津、精悍な刑事・
高円寺は三十年来の親友。それぞれの恋人とラブラブな
毎日を過ごしているが、彼らを難事件が襲い!?